CIA

अमरीकी गुप्तचरी के अनसुने सच

एन. चोक्कन

प्रकाशक

प्रभात प्रकाशन प्रा. लि.

4/19 आसफ अली रोड, नई दिल्ली–110002

फोन : 011–23289777 • हेल्पलाइन नं. : 7827007777

इ–मेल : prabhatbooks@gmail.com ❖ वेब ठिकाना : www.prabhatbooks.com

संस्करण

2025

अनुवाद

उदित कुमार

पेपरबैक मूल्य

तीन सौ रुपए

मुद्रक

आर–टेक ऑफसेट प्रिंटर्स, दिल्ली

———— ★ ————

CIA *by* Shri N. Chokkan
(Hindi translation of 'CIA')

Published by **PRABHAT PRAKASHAN PVT. LTD.**
4/19 Asaf Ali Road, New Delhi-110002

ISBN 978-81-970692-0-8

₹ 300.00 (PB)

CIA

आभार :
मेरे दोस्त
बोस्टन बालाजी,
गणेश चंद्रा,
गीता

लेखकीय

जासूसी की दुनिया ने पीढ़ियों से जनता की कल्पना पर कब्जा कर रखा है। फिर भी खुफिया एजेंसियों की आड़ में जो कुछ भी होता है, वह रहस्य में छिपा रहता है। सेंट्रल इंटेलिजेंस एजेंसी (सीआईए) 1947 में अपनी स्थापना के बाद से गुप्त गतिविधि संचालन और विवाद, दोनों में सबसे आगे रही है। इसके मिशन में राष्ट्रीय सुरक्षा खतरों से संबंधित खुफिया जानकारी एकत्र करना और विश्लेषण करना शामिल है। साथ ही राष्ट्रपति द्वारा अधिकृत गुप्त काररवाई करना भी शामिल है।

संयुक्त राज्य अमेरिका के खुफिया तंत्र के एक प्रमुख घटक के रूप में सीआईए ने 20वीं और 21वीं सदी की कुछ सबसे महत्त्वपूर्ण भू-राजनीतिक घटनाओं में बड़ी महत्त्वपूर्ण, लेकिन अकसर अनदेखी भूमिका निभाई है। द्वितीय विश्व युद्ध के दौरान नाजी रैंकों में घुसपैठ से लेकर शीतयुद्ध के दौरान फिदेल कास्त्रो के शासन को कमजोर करने के प्रयासों तक एजेंसी अकसर राजनयिक और गुप्त गतिविधियों के बीच अस्पष्ट सीमाओं के साथ काम करती थी। सीआईए के बारे में जनता की धारणा अपमानजनक से लेकर सनसनीखेज, हॉलीवुड चित्रण द्वारा बढ़ा-चढ़ाकर बताई गई है, लेकिन अवर्गीकृत रिकॉर्डों को एक साथ जोड़ने से पता चलता है कि यह संगठन अमेरिकी हितों की रक्षा के लिए समर्पित है, जबकि अपने निर्देशों को पूरा करने में एक अस्पष्ट नैतिक मार्ग पर चल रहा है।

हाल के दशकों में वैश्विक आतंकवाद और तकनीकी बदलावों द्वारा लाए गए नए प्रतिमान को संबोधित करने के लिए सीआईए को बदलते देखा गया है। 130 से अधिक देशों में गुप्त और सहयोगात्मक प्रयास अब चरमपंथी समूहों से खतरों और हिंसा को बाधित करने पर केंद्रित हैं। एजेंसी ने राष्ट्रीय सुरक्षा रणनीति को सूचित करने के लिए अग्रणी डेटा विज्ञान का उपयोग करके अपने विश्लेषण को भी नया रूप दिया है।

आगे के अध्याय सीआईए के विकास पर एक आंतरिक नजर डालते हैं। उपलब्धियों और विवादों की जाँच करते हैं। घटनाएँ और साक्ष्य अंदरूनी सूत्रों और नीति विश्लेषकों की दृष्टि के माध्यम से सामने आते हैं। यह आकलन इस बात पर नई रोशनी डालता है कि इस एजेंसी ने भू-राजनीति को छाया से निर्देशित करने में कितनी बड़ी भूमिका निभाई है। सुरक्षा मामलों के नौसिखियों और विद्वानों को खुफिया कार्य की आवश्यकता तथा अंतर्निहित नैतिक दुविधाओं पर अपना निर्णय लेने के लिए पर्याप्त जानकारी मिलेगी। पूरे संदर्भ में सीआईए का मूल्यांकन करके हम एक खुले लोकतंत्र में पारदर्शिता और जवाबदेही के आदर्शों के साथ इसके जनादेश को संतुलित करने के निकट आते हैं।

अनुक्रम

1

हमला

सुबह से बहुत पूर्व रात के 3.30 बजे।

अमेरिकी नौसेना इस समय एक विचित्र घटना की गवाह बनी।

पर्ल हार्बर निगरानी दस्ते ने संदेश भेजा कि एक पनडुब्बी उनकी सीमा की ओर बढ़ रही है। उच्चाधिकारी तत्काल अपनी नींद से जाग गए।

यह दूसरे विश्व युद्ध का समय था; हालाँकि, अमेरिका युद्ध में सीधे शामिल नहीं था। उसे हमेशा सतर्क रहना पड़ता था, क्योंकि यह कोई नहीं जानता था कि अगला हमला कब और कहाँ होगा!

इसलिए जब एक पनडुब्बी अचानक देखी गई तो वे अचानक से सावधान की मुद्रा में आ गए। पनडुब्बी किस देश की है? इसमें किस तरह के हथियार छिपे हुए हैं? यह अकेली पनडुब्बी है या ऐसी और आ रही हैं?

उन्होंने सवेरा होने से पहले ही एक सेना वहाँ जुटा ली। हमें उस पनडुब्बी को ढूँढ़ना ही होगा, तभी यह रहस्य सुलझ पाएगा।

सभी लोग नर्वस थे। उन्हें यह समझने में 4 घंटे लग गए कि दुश्मन ने उन्हें समुद्र, जमीन और हवा—तीनों ओर से घेर लिया था।

दुश्मन की सेना ने इस अस्त-व्यस्तता का लाभ उठाकर हमला शुरू कर दिया। कई सैन्य विमानों ने सेकंडों में पर्ल हार्बर को घेर लिया और हमला शुरू कर दिया।

यह ऐसा हमला था, जिसके बारे में अमेरिकियों ने सोचा भी नहीं था। अमेरिकी नौसेना का पूरा बेड़ा पर्ल हार्बर में मौजूद था, मगर उन्होंने कभी कल्पना भी नहीं की थी कि उन पर हमला होगा!

इस हमले में सबसे आश्चर्यजनक उनका 'हमलावर' था—जापान।

यदि आप दुनिया का नक्शा देखेंगे तो पाएँगे कि अमेरिका और जापान के बीच की दूरी बहुत अधिक है; लेकिन दुनिया के गोल होने के कारण ग्लोब पर यदि आप दोनों को देखेंगे तो पाएँगे कि इस दूरी के बावजूद दोनों देश वास्तव में एक-दूसरे के पड़ोसी हैं, क्योंकि दोनों देशों के बीच सिर्फ प्रशांत महासागर है। यदि आप किसी अवैध आप्रवासी जहाज में जापान में सवार होते हैं तो बिना किसी बाधा के प्रशांत महासागर से होते हुए अमेरिका की सीमा में पहुँच सकते हैं।

जापान ने भी यही रास्ता पकड़ा। छह विमान वाहक पोत, उन पर लदे सैकड़ों विमान, कई युद्धपोत और पनडुब्बियों से सज्जित एक विशाल सेना जापान से चली। किसी की भी जानकारी में आए बिना वे पर्ल हार्बर से कुछ किलोमीटर दूर आकर रुके। उन्होंने रविवार की सुबह अपना हमला शुरू किया।

पर्ल हार्बर पर हमले के पीछे वजह क्या थी? आखिर जापान जैसे छोटे से देश ने अमेरिका पर हमला करने का हौसला कैसे किया? इस हमले के परिणाम क्या हुए? इस पुस्तक में इन सवालों के जवाब जरूरी नहीं हैं। हमें सिर्फ यह देखने की जरूरत है कि जापान ने अमेरिका पर अनपेक्षित रूप से हमला किया।

हमला भी कोई छोटा-मोटा नहीं था। यह बहुत बड़ा हमला था।

अमेरिकी सेना इस हमले के लिए तैयार नहीं थी और हवाई में आराम कर रही थी। जापान की सेना ने निर्दोष आम लोगों पर बम बरसाने के साथ-साथ अमेरिका के युद्धपोतों को नष्ट करना शुरू कर दिया।

जब तक अमेरिकी हमले का आकलन कर पाते और उसका प्रतिकार कर पाते, उससे पहले उन्हें बहुत नुकसान हो चुका था। 7

दिसंबर, 1941 का दिन अमेरिकी इतिहास में एक शर्म का दिन बन चुका था।

हमला दस घंटे से अधिक नहीं चला। अमेरिकी इतने में ही दहशत में आ गए। कोई भी यह भरोसा करने के लिए तैयार नहीं था कि जापान जैसा छोटा सा देश, दुनिया के नक्शे पर जिसे तलाशना भी आसान नहीं है, महाशक्ति अमेरिका पर इतना प्रभावी हमला कर सकता है ?

इसके बाद ही अमेरिका विश्व युद्ध में शामिल हुआ। उसने बाद में जापान पर एटम बम भी गिराए; लेकिन आखिर वह पर्ल हार्बर पर इतने भयानक हमले के बारे में पहले से पता कैसे नहीं लगा पाए?

यही सवाल उस समय अमेरिका के सामने सबसे बड़ी चिंता थी। महाशक्ति की उसकी छवि सिर्फ तभी तक बनी रह सकती थी, जब तक दूसरे देश उसे महाशक्ति मानें। यदि दूसरे देश यह समझ जाते कि जापान की तरह कोई भी देश आसानी से अमेरिका पर चढ़ाई कर सकता है, तो महाशक्ति की यह छवि धूल में मिल जाती।

अमेरिका ने इस बात पर विचार करना शुरू किया कि आखिर किस मामले में वे पीछे हैं और आखिर वे इतने महत्त्वपूर्ण विषय का पूर्वानुमान लगाने में कैसे पिछड़ गए? जब उन्होंने अपने विश्लेषण के नतीजों को देखा तो उन्हें जापान के हमले से भी बड़ा झटका लगा।

जापान के अधिकारी अमेरिकी सरकार के साथ पर्ल हार्बर हमले से पहले से बातचीत कर रहे थे; मगर उनके बरताव में नवंबर 1941 के बाद एक तरह की व्यग्रता आ गई थी।

इसका अर्थ यह था कि जापान अमेरिका से दोस्ती की बातचीत और युद्ध की तैयारी एक साथ कर रहा था। वे अपने इरादों की भनक लगने दिए बिना अपने गोपनीय अभियान में जुटे हुए थे।

जापान के एक मंत्री ने बातचीत के दौरान कहा था कि अमेरिका और जापान के बीच कोई नरम समझौता 29 नवंबर से पहले हो जाना

चाहिए। अमेरिकी उस बयान में छिपी इस धमकी को नहीं पहचान पाए कि 'इसके बाद स्थिति नियंत्रण से बाहर चली जाएगी।'

दिसंबर की शुरुआत में अमेरिका में स्थित जापान के सभी दूतावासों को एक आदेश मिला—'जरूरी कागजातों को रखकर बाकी हर चीज को नष्ट कर दो।'

जापानी अधिकारियों ने कहा कि इसके बाद युद्ध को टाला नहीं जा सकता। उनकी बातचीत में कुछ कोडवर्ड बार-बार इस्तेमाल हुए।

अमेरिका के रडार से कई पनडुब्बियाँ अचानक गायब हो गईं। जापान द्वारा हमले का पूर्वाभ्यास किया जा रहा है, इस बारे में अपुष्ट सूचनाएँ सामने आईं।

सबसे डरावनी खबर यह थी कि अमेरिका को पर्ल हार्बर हमले से पहले इन सभी बातों की जानकारी थी। इसके बावजूद वे यह हिसाब नहीं लगा पाए कि जापान हमले की तैयारी कर रहा है!

अमेरिका की कमजोरी यही थी। क्या यह मूर्खता नहीं थी कि इतनी सारी जानकारियाँ होने के बावजूद वे चुपचाप बैठे रहे?

जब उन्होंने विश्लेषण शुरू किया तो अमेरिकियों को एक बात साफतौर पर समझ आई। इन परिस्थितियों में सिर्फ सेना के इंटेलिजेंस विंग पर भरोसा करना उचित नहीं था। विदेशी मामलों का विश्लेषण और उस पर रिपोर्ट देने के लिए एक अलग गुप्तचर विभाग की जरूरत थी।

यदि अमेरिका के पास सन् 1941 में ऐसा कोई विभाग होता तो वह जापान की गतिविधियों को भाँप सकता था। वह सरकार को आनेवाले खतरे के प्रति आगाह कर सकता था। वे ऐसी शर्मनाक घटना को टाल सकते थे।

पर्ल हार्बर के हमले और सी.आई.ए. के उद्घाटन के बीच छह साल की अवधि थी; लेकिन सिर्फ इस हमले के बाद ही अमेरिका को यह महसूस हुआ कि उन्हें ऐसी एजेंसी की जरूरत है। □

2

प्रतिभावानों की सेना

'वाइल्ड बिल' विलियम जोसेफ डोनोवेन को उसके दोस्त प्यार से इस नाम से बुलाते थे।

डोनोवेन कोई गैंग लीडर नहीं था। वह एक शिक्षित सॉलिसीटर, सैन्य अधिकारी और गुप्तचरी का विशेषज्ञ था। इतनी सारी पहचानों के बावजूद अगर 'वाइल्ड बिल' की उपाधि उसके साथ चिपक गई थी तो उसके पीछे एक वजह थी।

डोनोवेन ने अपने जीवन में कई सारी मुश्किलों को पार करने के बाद अपना मुकाम पाया था। अपने 'दुश्मनों' को वह बेहद नापसंद करता था। वह बहुत बड़ा देशभक्त था और इसके लिए किसी का भी विरोध करने में नहीं हिचकता था। वह एक उग्र व्यक्ति था, जो अमेरिका के दुश्मनों को अपना दुश्मन समझता था और उनके खिलाफ मजबूत कदम उठाता था।

आमतौर पर सॉलिसीटर्स बहुत अधिक बोलते हैं, मगर डोनोवेन ज्यादा बोलने के खिलाफ था। बोलने से अधिक वह करने में भरोसा करता था।

प्रथम विश्व युद्ध के दौरान उसने अपनी बटालियन को सही तरीके से निर्देशित किया था और शानदार नेतृत्व दिया था। अपनी सेवाओं के लिए उसने कई उच्च सैन्य सम्मान हासिल किए थे।

युद्ध के बाद डोनोवेन वकालत के पेशे में लौट गया; मगर अमेरिकी सरकार उसे छोड़ने के लिए तैयार नहीं थी; इसलिए उसे बाद में भी कई महत्त्वपूर्ण जिम्मेदारियाँ और पद दिए गए।

यही समय था, जब डोनोवेन की रुचि गुप्तचर गतिविधियों में बढ़ने लगी। उसे लगा कि पूरी दुनिया में अमेरिका के कई नए दुश्मन बन रहे हैं। उसने अमेरिकी सरकार के सामने इस बात पर जोर दिया कि उन दुश्मनों की निगरानी और उन्हें नियंत्रण में रखे जाने की जरूरत है।

इसी समय के करीब दूसरा विश्व युद्ध आरंभ हुआ। हालाँकि, अमेरिका उसमें सीधे शामिल नहीं था, मगर डोनोवेन ने इस बात को लेकर सावधान किया कि कोई किसी तरह की अवांछित गतिविधियों के जरिए उन्हें छेड़ सकता था! उसने एक अलग गुप्तचर एजेंसी के गठन की सिफारिश की, जो इस तरह के खतरों की पहचान कर उसे खत्म कर सके।

उसकी नुक्ताचीनी से परेशान अमेरिकी सरकार ने डोनोवेन की सिफारिश पर मंथन करना शुरू कर दिया। उन्होंने एक ऐसी खुफिया इकाई के गठन का फैसला लिया, जो युद्ध के समय दूसरे देशों की गतिविधियों, उनकी ताकत, कौन सा देश दूसरे देश में घुसपैठ कर रहा है और इसी तरह की युद्ध संबंधी अन्य महत्त्वपूर्ण जानकारियाँ पता लगा सके।

डोनोवेन के सुझाव दस्तावेजों में मंजूर कर लिये गए। अमेरिका ने एक ऐसे विभाग के गठन का फैसला किया, जिसे सिर्फ युद्ध के समय काम करना था, न कि किसी स्थायी बल के रूप में।

हालाँकि, डोनोवेन इससे पूरी तरह संतुष्ट नहीं था, मगर उसने खुद को जो भी मिल रहा है, उसी के साथ संतुष्ट होने के लिए मनाया और अपनी तैयारियाँ शुरू कर दीं।

इस प्रकार जुलाई 1941 में 'कोऑर्डिनेटर ऑफ इन्फॉर्मेशन' (सी.ओ.ए.) के नाम से एक गुप्तचर संस्था ने काम करना शुरू किया। यह समूह सीधे अमेरिकी राष्ट्रपति के मातहत काम करता था।

शुरुआती दिनों में डोनोवेन को जो काम दिए गए, वे बेहद चुनौतीपूर्ण थे। इनमें से अधिकांश एक ही व्यक्ति के आसपास मँडराते थे—हिटलर।

उस समय पूरी दुनिया पर हिटलर का बुखार छाया था। हालाँकि, हिटलर ने अमेरिका को कभी भी सीधे परेशान नहीं किया, मगर वे जानना चाहते थे कि क्या हिटलर उनके लिए खतरा है?

डोनोवेन को यही कार्य दिया गया था। क्या हिटलर की नाजी सेना ताकतवर है? हिटलर ब्रिटेन समेत अन्य देशों पर क्या प्रभाव डाल सकता है? क्या हमें उसकी ओर से कोई तात्कालिक या दूरगामी खतरा है? हिटलर अमेरिका के लिए दोस्त है या दुश्मन?

ऐसे कई सारे सवाल लेकर डोनोवेन पूरी दुनिया में घूम रहा था। हालाँकि, अपनी सेना के बाहर दुनिया में जासूसी करना अमेरिका के लिए नई बात थी, मगर डोनोवेन और उसके गुप्तचर अधिकारियों ने अपने कार्य को बेहतर तरीके से अंजाम दिया।

अमेरिका को नियमित अंतराल पर हिटलर के मनसूबों की जानकारियाँ मिल रही थीं। इन सूचनाओं के आधार पर अमेरिका अपनी राजनीतिक गतिविधियाँ तय कर रहा था।

हालाँकि, इसके बावजूद डोनोवेन की उम्मीदों के खिलाफ, अमेरिका अपनी गुप्तचर गतिविधियों को ज्यादा महत्त्व नहीं दे रहा था। इसके पीछे असली वजह यह थी कि अमेरिका विश्व युद्ध में सीधे शामिल नहीं था।

अमेरिकी सरकार अपने गुप्तचर विभाग को भी दूसरे सरकारी विभागों की तरह ही मानकर चल रही थी। वे सिर्फ औपचारिकता के लिए गुप्तचर गतिविधियों में शामिल थे। जो थोड़े से एजेंट काम कर रहे थे, उन्हें भी जरूरी संसाधन नहीं दिए जा रहे थे। ज्यादा बजट की माँग करने पर या तो उपेक्षा की जाती या सीधे मना कर दिया जाता।

इस उपेक्षा के अलावा डोनोवेन एवं अन्य जासूसों द्वारा जुटाई गई जानकारियों को भी सही तरीके से इस्तेमाल नहीं किया गया। उन्हें सिर्फ सुबह के अखबार की तरह पढ़कर रद्दी में डाल दिया जाता।

डोनोवेन यह स्थिति देखकर कुढ़ रहा था। वह इस बात को लेकर असंतुष्ट था कि अमेरिकी सरकार, शासक, अधिकारी या जनता—कोई भी एक गुप्तचर संस्था के महत्त्व को नहीं समझ रहा था।

लेकिन इन परिस्थितियों में भी डोनोवेन ने हार नहीं मानी। वह लगातार गुप्तचर विभाग को बेहतर बनाने की जरूरत पर बल देता रहा और उस विभाग द्वारा जुटाई गई जानकारियों के लिए श्रेय की माँग करता रहा।

इन हालात में जापान ने अमेरिका को छेड़ने का फैसला लिया। उसने अमेरिकी बंदरगाह पर जोरदार काररवाई को अंजाम दिया।

पर्ल हार्बर पर हमला अमेरिका के लिए जोरदार झटके जैसा था। इसने उनके इस भरोसे को हिला दिया कि वे सुरक्षित हैं और उनके हितों को कोई नुकसान नहीं पहुँचा सकता! वे समझ गए कि कुछ अतिरिक्त प्रयास करके कोई भी अमेरिका को नष्ट कर सकता है।

डोनोवेन इस डर को एक सकारात्मक दिशा देना चाहता था। उसने कहा, "हम लंबे समय से इस बारे में बात कर रहे हैं। यदि हमारे पास एक मजबूत इंटेलिजेंस एजेंसी होती तो क्या हमें ऐसा हमला झेलना होता?"

अमेरिकी सरकार ने पहली बार डोनोवेन की बात पर सम्मानपूर्ण ढंग से विचार किया। उन्हें समझ में आ गया कि इंटेलिजेंस विंग को मजबूत करना अति आवश्यक है।

डोनोवेन ने कहा, "जापान ने हम पर आज हमला किया है और कुछ दूसरे देश भविष्य में ऐसा कर सकते हैं। दुनिया में अमेरिका के कई दुश्मन हैं। यदि हमें भविष्य में अमेरिका को ऐसे हमलों से बचाना है तो हमारी आँखें पूरी दुनिया में होनी चाहिए। हमें छोटी सी हलचल का भी विश्लेषण करना चाहिए और यह पता लगाना चाहिए कि क्या उससे हम पर असर हो सकता है?"

अमेरिका उस समय दूसरे विश्व युद्ध में शामिल हो चुका था

और खतरा दो गुना हो गया था। परिस्थितियों को मैनेज करने के लिए सी.ओ.आई. को मजबूत बनाया गया।

लेकिन डोनोवेन ने कहा कि इस कार्य के लिए सिर्फ सी.ओ.आई. पर्याप्त नहीं है और एक दूसरी गुप्तचर संस्था की जरूरत है। अब तक पर्ल हार्बर के हमले के सदमे में डूबी अमेरिकी सरकार ने डोनोवेन के आग्रह को स्वीकार कर लिया।

सी.ओ.आई. के गठन के एक साल के अंदर एक सैन्य आदेश के जरिए एक और गुप्तचर एजेंसी 'ऑफिस ऑफ स्ट्रैटेजिक सर्विसेज' (ओ.एस.एस.) का गठन किया गया। विलियम डोनोवेन को इस एजेंसी का प्रमुख बनाया गया।

हालाँकि, सरकार पूर्ण नियंत्रण डोनोवेन के हाथों में नहीं देना चाहती थी। इसलिए उन्होंने स्पष्ट रूप से यह घोषणा की कि ओ.एस.एस. का गठन सिर्फ विश्व युद्ध के उद्‌देश्यों को ध्यान में रखकर किया गया है और यह एक अस्थायी एजेंसी है।

सबसे बढ़कर, आंतरिक मसलों से निबटने के लिए अमेरिका के पास पहले से ही एक पुलिस फोर्स और एफ.बी.आई. (फेडरल ब्यूरो ऑफ इन्वेस्टिगेशन) मौजूद थे। इसलिए सरकार ने इन सभी एजेंसियों के बीच किसी भी तरह के आंतरिक द्वंद्व को रोकने के लिए यह आदेश भी जारी किया कि ओ.एस.एस. सिर्फ विदेशी मामलों को देखेगा।

डोनोवेन इन राजनीतिक पचड़ों से विचलित नहीं हुआ। उसे अपनी इच्छा के अनुसार ज्यादा शक्तियों के साथ एक गुप्तचर एजेंसी मिल गई थी। उसे भरोसा था कि यदि वह इस मौके को सही तरीके से भुना पाया तो यह एक स्थायी एजेंसी बन सकती है।

अमेरिकी सेना और दूसरे विभागों से बेहतरीन गुप्तचरी विशेषज्ञों को ओ.एस.एस. में तैनाती दी गई। उन विशेषज्ञों और उनके द्वारा प्रशिक्षित किए गए जूनियरों ने विदेशी गुप्तचरी के कार्य को अंजाम देना शुरू किया।

इस समूह ने सभी दुश्मन देशों में होनेवाली हर गतिविधि का विश्लेषण आरंभ किया। उन्होंने उनकी सैन्य शक्ति, भविष्य की योजनाओं, संभावित खतरों आदि के बारे में सारी जानकारियाँ जुटाकर सरकार को भेजना शुरू किया।

डोनोवेन का ओ.एस.एस., सी.आई.ए. की नींव था। डोनोवेन को 'सी.आई.ए. का पिता' कहा जाता है।

डोनोवेन के कार्यकाल में यह माना जाता था कि गुप्तचरी का काम सिर्फ अत्यंत प्रतिभावानों के बूते का है। ओ.एस.एस. में सिर्फ ऐसे स्नातकों को ही भरती किया गया था, जो अमेरिका के शीर्ष विश्वविद्यालयों से पढ़कर निकले थे। सिर्फ उन्हें ही महत्त्वपूर्ण कार्य सौंपे जाते थे।

सी.आई.ए. के शुरुआती दिनों में भी यही स्थिति बनी रही। यह बात बाद के दिनों में समझी गई कि कक्षा में टॉपर होना और जासूसी के काम में प्रवीण होना—इन दोनों के बीच आपस में कोई संबंध नहीं है।

किसी भी देश में राजनेता और सरकार अत्यंत प्रतिभावानों, यानी जीनियस लोगों की पक्षधर नहीं होती। डोनोवेन के समय के अमेरिकी शासक भी ओ.एस.एस. को लेकर चिंतित होने लगे। वे उसे अतिरिक्त ताकत देने में हिचकिचाने लगे।

उन्हें लगने लगा कि यदि ओ.एस.एस. को ज्यादा आजादी दी गई तो वह एक एक ऐसी बड़ी ताकत बन जाएगी, जो शायद सरकार को ही नियंत्रित करने लगे! इसलिए अधिकांश अधिकारी इस इंटेलिजेंस विंग के विकास को संदेह की नजर से देखने लगे।

इस समय तक दूसरा विश्व युद्ध समाप्त हो गया था। उन्होंने इसका संदर्भ लेते हुए ओ.एस.एस. को भंग कर दिया। यह घोषणा कर दी गई कि आंतरिक विभाग ही ओ.एस.एस. की जिम्मेदारियाँ भी सँभालेंगे।

डोनोवेन उत्तेजित हो गया—'कौन कहता है कि एक बार युद्ध समाप्त होने के बाद अमेरिका के सामने मौजूद सारे खतरे भी समाप्त हो जाएँगे? क्या देश की सुरक्षा के लिए हमेशा सतर्क रहना बेहतर नहीं है?'

यदि डोनोवेन हमारे देश में जनमा होता तो उसे 'विक्रमादित्य' कहा जाता! सभी झटकों के बावजूद वह सरकार के सामने अपनी फाइलें भेजता रहा।

'प्रिय नेतागण, कृपया मेरी बात सुनें। जासूसी कोई ऐसी चीज नहीं है, जिसकी जरूरत सिर्फ इसी वक्त है। हम इसके जरिए अपने आसपास हो रही बातों के बारे में जान सकते हैं, सिर्फ तभी हम खुद को बचा सकते हैं। युद्ध समाप्त होने के बाद गुप्तचर एजेंसी को भंग कर देना मूर्खता है। कृपया अपने दिमाग में दीर्घावधि के लाभों के बारे में विचार करें, तब आप मेरे शब्दों की सच्चाई को समझ जाएँगे।'

डोनोवेन ने अपना प्रयास जारी रखा; लेकिन कोई भी यह मानने को तैयार नहीं था कि शांतिकाल में अमेरिका को किसी गुप्तचर एजेंसी की जरूरत है।

सामान्य तौर पर डोनोवेन अमेरिका के दुश्मनों से नफरत करता था; मगर इस परिस्थिति में अमेरिका के एक दुश्मन ने उसके उद्‌देश्य में मदद की।

वह दुश्मन था सोवियत संघ।

□

3
सीमा के पार

ऐसे दो लोगों की कल्पना करें, जो एक गंदी लड़ाई में शामिल होने के लिए तैयार हों! उनकी दुश्मनी दशकों तक फैली हो। वे एक-दूसरे को कई बार प्रत्यक्ष और परोक्ष रूप से चुनौती दे चुके हों। दोनों इस बात की योजना बना रहे हों कि दूसरे के समर्थकों, उसकी ताकत और उसकी क्षमता को देखते हुए हम अपनी प्रतिक्रिया कैसे देंगे?

इस परिस्थिति में यदि एक व्यक्ति एक कमरे में जाकर खुद को बंद कर ले तो उसका विरोधी क्या करेगा?

अमेरिका उस समय इसी असमंजस में डूबा था। पूरी दुनिया पर अमेरिका का प्रभुत्व फैलाने के मामले में वह सोवियत संघ को बड़ी रुकावट मानता था; लेकिन सोवियत संघ ने अपने दरवाजे पूरी मजबूती से बंद कर लिये थे।

हालाँकि, इसका यह अर्थ नहीं था कि वह अमेरिका को छेड़ने से बाज आ गया था। वह अपनी शरारतपूर्ण गतिविधियों को पूरी सक्रियता से अंजाम दे रहा था।

सोवियत संघ में क्या हो रहा है, इस बारे में बाहरी दुनिया को कोई जानकारी नहीं थी। उस समय सोवियत नेता स्टालिन ने खुलेआम घोषणा कर दी थी कि 'सोवियत संघ में क्या हो रहा है, इस बारे में बाहरवालों को जानने की कोई जरूरत नहीं है।'

कई देश यह जानने को उत्सुक थे कि बंद दरवाजे के पीछे चल क्या रहा है? वे सोवियत संघ को 'लौह परदा' बुलाने लगे थे। लेकिन उस देश को इसकी कोई परवाह नहीं थी और उसने अपनी किलेबंदी जारी रखी।

यह सिर्फ ये जानने की उत्सुकता नहीं थी कि सोवियत संघ में क्या चल रहा है, जिसने अमेरिका को प्रेरित किया था; बल्कि यह उनके लिए एक अनिवार्यता थी। कारण यह था कि सोवियत संघ जो भी करता, उसका प्रभाव अमेरिका पर पड़ना ही था।

दूसरे विश्व युद्ध के दौरान अमेरिका ने जापान पर परमाणु बम गिराए थे, जिनसे भारी तबाही मची थी। हिरोशिमा और नागासाकी की घटना के दौरान अमेरिका समेत पूरी दुनिया को परमाणु हथियारों की वास्तविक शक्ति और उसके खतरे का पता चल गया था।

इसके कारण एक ओर जहाँ परमाणु शोध पर प्रतिबंध लगाने और परमाणु अस्त्रों का निर्माण रोकने के लिए मानवीय स्वर उठने लगे थे, वहीं दूसरी ओर कई देश परमाणु हथियार हासिल करने के बारे में सोचने लगे थे, क्योंकि उनका मानना था कि ये हथियार उनके देश को सुरक्षित बनाने में मददगार होंगे।

यह ऐसा था, मानो अमेरिका ने उनके सिरों पर यह बम गिराया हो! आमतौर पर सोवियत संघ वैज्ञानिक शोध के मामले में मजबूत था। अब अमेरिका ने खुद उन्हें परमाणु हथियारों की क्षमता के बारे में बता दिया था।

इसलिए अमेरिका सोवियत संघ के बारे में कई सूचनाएँ हासिल करना चाहता था। क्या वे परमाणु बम बना रहे हैं? यदि हाँ, तो इस दिशा में वे कहाँ तक पहुँचे हैं? उनकी ताकत क्या है? वे अपनी सेना को कहाँ और कैसे इकट्ठा करते हैं? और कौन से नए हथियार उनके पास हैं?

सोवियत संघ ने कहीं भी झाँकने के लिए दरार नहीं छोड़ी थी और अपने सुरक्षा उपायों को और मजबूत कर रहा था। विदेशियों को उस देश

में घुसने से रोकने के लिए कई तरह के प्रतिबंध लगा दिए गए थे। यदि वे घुस भी जाते तो उन्होंने यह सुनिश्चित किया था कि कोई भी गुप्त सूचना उन तक नहीं पहुँचे। यदि उन्हें शक हो जाता कि कोई विदेशी जासूस है, तो वे पूरे जीवन के लिए उसे कैद में डाल देते।

इन गतिविधियों के कारण अमेरिका की उत्सुकता बढ़ने लगी। उन्होंने यह मान लिया कि जब तक उन्हें यह पता नहीं चल जाता कि सोवियत संघ के अंदर क्या चल रहा है, वे सुरक्षित नहीं महसूस कर सकते।

अमेरिका को अब डोनोवेन की बात समझ आ गई कि 'शांतिकाल में भी गुप्तचर संस्था की जरूरत है।' उन्होंने जनवरी 1946 में एक नई गुप्तचर एजेंसी 'सेंट्रल इंटेलिजेंस ग्रुप' (सी.आई.जी.) का गठन किया। हैरी एस. ट्रूमैन उस समय अमेरिका के राष्ट्रपति थे।

बाद में, सी.आई.जी. का नाम बदलकर सी.आई.ए. (सेंट्रल इंटेलिज़ेंस एजेंसी) कर दिया गया। 18 सितंबर, 1947 को सी.आई.ए. के जन्मदिन के रूप में मनाया जाता है।

सी.आई.ए. के गठन के समय से ही उसके प्राथमिक मिशनों की घोषणा स्पष्ट रूप से कर दी गई—

- अमेरिका के दुश्मन देशों के खिलाफ काररवाई करना।
- अमेरिका के मित्र देशों के सहयोग में काररवाई करना।
- यह सुनिश्चित करना कि इन गतिविधियों को अमेरिका द्वारा वित्त-पोषित किया जा रहा है, इसकी खबर लीक न हो।
- दूसरे देशों में अमेरिकी नीतियों और विचारों को फैलाना।
- अमेरिका के दुश्मन देशों की सरकारों के विरोधी गुटों को मदद पहुँचाना।
- कम्युनिस्ट-विरोधी देशों/समूहों को मदद पहुँचाना।

हालाँकि, सूची और लंबी है, मगर तकरीबन सभी को सी.आई.ए.

के वास्तविक उद्‌देश्य का पता है। वो यह है कि अमेरिका के चारों ओर एक सीमा रेखा खींचकर उसके बाहर अपनी गतिविधियाँ इस प्रकार चलाना कि सीमा रेखा के अंदर रहनेवाले पूरी तरह अप्रभावित रहें।

अमेरिका ने इसके जरिए सभी देशों के शासकों को एक परोक्ष चेतावनी दी है—आप हमारी नीतियों को मंजूर करते हैं? आप यह मानते हैं कि हम बाकियों के मुकाबले श्रेष्ठ हैं? अच्छा है, हम यह सुनिश्चित करेंगे कि आपके शासन को कोई नुकसान न पहुँचे।

इसी प्रकार सोवियत संघ और कम्युनिज्म का समर्थन करनेवाले दूसरे देश अमेरिका के दुश्मनों की सूची में शामिल कर दिए गए। सी.आई.ए. के लिए यह अलिखित नियम है कि इन देशों की सरकारों को पलटने के लिए वह कोई भी कदम उठा सकता है।

लेकिन क्या सी.आई.ए. का गठन अमेरिका को सुरक्षित रखने के लिए नहीं हुआ था? सरकारों को पलटने और अमेरिका की सुरक्षा के बीच भला क्या संबंध!

यदि कोई देश सोवियत संघ का समर्थन करता तो इसका मतलब था कि सोवियत संघ का प्रभाव बढ़ता। यदि कम्युनिज्म इस प्रकार बढ़ता रहता तो भला अमेरिका चैन की साँस कैसे ले सकता था!

अमेरिका ने कहा कि दुनिया के लोगों को कम्युनिज्म के राक्षस से बचाने के लिए वह हर संभव कदम उठाएगा; लेकिन हकीकत यह है कि अपनी नीतियों के खिलाफ चलनेवाली किसी भी सरकार या समूह को अमेरिका पसंद नहीं करता।

आरंभ में उन्होंने अमेरिकी सुरक्षा के नाम पर बाहरी दुश्मनों का सफाया करने का प्रयास किया, लेकिन इसके कारण उन्हें दुनिया के अभिभावक की छवि मिल गई।

शुरुआती दिनों में सी.आई.ए. के पास बहुत ताकत नहीं थी, लेकिन उसने बाद के दिनों में प्रत्यक्ष या परोक्ष रूप से बहुत ताकत हासिल कर ली।

आज भी अमेरिका सी.आई.ए. को आवंटित किए जानेवाले बजट या उसके द्वारा किए जानेवाले खर्च को सार्वजनिक नहीं करता। इसके साथ ही सी.आई.ए. के एजेंटों और अधिकारियों की सारी गतिविधियाँ हमेशा गोपनीय रखी जाती हैं।

इसकी एक आसान वजह यह बताई जाती है कि यह जानकारी नहीं दी जा सकती। अपनी शुरुआत के दिन से ही वे अमेरिकी नीतियों के पक्ष में या अमेरिका की तरह सोचने के लिए पूरी दुनिया की सोच बदलने की जिम्मेदारी निभाते आ रहे हैं।

यदि कोई विरोध करे तो? यदि कोई अमेरिका की ताकत मानने से इनकार करे तो?

सी.आई.ए. के अनुसार, ये दोनों एक ही बातें हैं। जो भी अमेरिका की ताकत न माने या अमेरिका को दुश्मन माने तो सी.आई.ए. उसकी सत्ता पलटने के लिए कुछ भी कर सकती है।

'कुछ भी' में सबकुछ शामिल है। इस मामले में उन्हें पूरी आजादी दी गई है। वे उस देश में सरकार-विरोधी टिप्पणियों से अपना काम शुरू करते हैं। जब इन टिप्पणियों के कारण आंतरिक विवाद उभरते हैं तो वे सरकार-विरोधी समूहों की पहचान करके उन्हें धन व हथियार उपलब्ध कराते हैं। संभव हो तो वे उन्हें परोक्ष रूप से सैन्य मदद भी देते हैं, या सरकार के महत्त्वपूर्ण लोगों को गायब कर दिया जाता है।

अमेरिका ने इस बात को महसूस नहीं किया कि एक ऐसा समूह, जिसका गठन दूसरे देशों की जासूसी करने के लिए किया गया था और जिसका काम जासूसी की रिपोर्ट देना भर था, वह किसी बड़ी चीज में उलझ गया है! या तो उन्होंने इसका संज्ञान नहीं लिया या वे सी.आई.ए. की कारगुजारियों के मजे ले रहे हैं।

अमेरिकी सरकार की शुभकामनाओं के साथ पूरी दुनिया में सी.आई.ए. की ताकत बेहद तेजी से बढ़ी।

□

4

गंदे तालाब, सड़ी मछलियाँ!

दूसरे विश्व युद्ध के दौरान हिटलर का समर्थन करनेवाले कुछ लोगों में से बेनिटो मुसोलिनी एक था।

इटली का तानाशाह मुसोलिनी हिटलर की हार से बहुत पहले ही पकड़ा गया और मारा जा चुका था। सिर्फ उसकी मौत के बाद ही इटली में लोकतंत्र पनप पाया और लोगों ने चैन की साँस ली।

उस समय इटली में मुख्य रूप से तीन ही पार्टियाँ थीं—रिपब्लिक पार्टी, जिसका नाम सी.डी. (क्रिश्चियन डेमोक्रेट) था, इटालियन सोशलिस्ट पार्टी (पी.एस.आई.) और इटालियन कम्युनिस्ट पार्टी (पी.सी.आई.)।

इटली के पहले लोकतांत्रिक चुनाव के दौरान तीनों पार्टियों ने अलग-अलग चुनाव लड़ा; किसी को भी बहुमत नहीं मिला।

इसलिए तीनों पार्टियों ने एक संयुक्त सरकार बनाने के लिए हाथ मिलाया। रिपब्लिक पार्टी ने सरकार का नेतृत्व किया, जबकि बाकी दोनों पार्टियों को मंत्रिमंडल में कुछ पद मिले।

यह गठबंधन सरकार लंबी नहीं चली। कई राजनीतिक मुद्दों की वजह से रिपब्लिक पार्टी ने पी.सी.आई. एवं पी.एस.आई. को सरकार से बाहर कर दिया।

चिढ़े हुए पी.सी.आई. एवं पी.एस.आई. ने हाथ मिला लिया और रिपब्लिक पार्टी पर दबाव बनाने लगे।

यदि तीन एक समान शक्तिशाली दलों में दो हाथ मिला लें तो नतीजा क्या होगा? उनकी ताकत तीसरे से बढ़ जाएगी।

यही इटली में भी हुआ। वहाँ विपक्षी दलों के पास सत्तारूढ़ दल से ज्यादा शक्ति थी। इसने कई राजनीतिक अस्थिरताओं को जन्म दिया।

इन्हीं परिस्थितियों में सन् 1948 में अगले आम चुनाव हुए। रिपब्लिक पार्टी ने अकेले चुनाव लड़ा, जबकि बाकी दोनों दल गठजोड़ करके चुनाव मैदान में उतरे। रिपब्लिक पार्टी को चुनाव में करारी हार की पूरी आशंका थी।

ऐसे हालात में सी.आई.ए. ने चुनावों में हस्तक्षेप करने का निर्णय लिया।

अमेरिका का इटली के चुनावों से कोई लेना-देना नहीं था; लेकिन अमेरिका इस नतीजे पर पहुँचा कि यदि रिपब्लिक पार्टी हार जाती है तो यह अमेरिका के लिए खतरनाक हो सकता है।

इसकी वजह यह थी कि रिपब्लिक पार्टी का विरोध करनेवाली दोनों पार्टियाँ कम्युनिज्म की पक्षधर थीं। ऐसी अफवाहें थीं कि इन दोनों दलों को परदे के पीछे से सोवियत संघ से मदद मिल रही है।

यदि दोनों दलों का गठबंधन चुनाव जीत जाता तो इटली में कम्युनिस्ट सरकार बन जाती। क्या अमेरिका इसे बरदाश्त कर पाता? इसलिए उसने मैदान में उतरने और तालाब को गंदा करने का फैसला लिया।

लेकिन चुनाव इटली में होने थे और वोटर भी इटालियन थे। यदि कोई समस्या थी भी तो यह इटली की आंतरिक समस्या थी। इसमें सीधे हस्तक्षेप करना अमेरिका के लिए सही नहीं होता।

इसलिए अमेरिका ने इस काम के लिए अपने सी.आई.ए. एजेंट को इटली भेजा। वे परदे के पीछे से कुछ भी कर सकते थे। यदि उनकी गतिविधियों से कोई स्कैंडल खड़ा भी होता तो अमेरिका इससे सीधे पल्ला झाड़ सकता था।

सी.आई.ए. को जो इकलौता लक्ष्य दिया गया था, वह था—हर हाल में रिपब्लिक पार्टी की जीत सुनिश्चित करना। उन्होंने अपने लक्ष्य की दिशा में उठाए जानेवाले कदमों की सूची बनाई और उस पर काम करना आरंभ कर दिया।

उनका पहला कदम जासूसी करके यह पता लगाना था कि किस क्षेत्र में किसके पास कितना समर्थन है? सी.आई.ए. को पता लगा कि तकरीबन हर क्षेत्र में रिपब्लिक पार्टी दूसरे स्थान पर है।

यह बात समझ में आने के बाद भारी-भरकम खर्च करके पत्रिकाओं और रेडियो पर एंटी कैंपेन चलाना शुरू किया गया। सी.आई.ए. द्वारा रिलीज किए जानेवाले नोटिस, पुस्तकों व भाषणों में कम्युनिस्ट शासन के नकारात्मक प्रभावों को उभारा जाने लगा।

'मेरे प्रिय इटलीवासियो, यदि आप पी.एस.आई. या पी.सी.आई. को वोट देने की सोच रहे हैं तो कृपया दोबारा सोचिए। क्या आपको पता है कि कम्युनिस्ट शासन ने पूरी दुनिया में लोगों पर कैसा असर डाला है? आप अपने इटली को कम्युनिज्म के दानव के हाथों में जाने की अनुमति नहीं दे सकते! क्या आप दे सकते हैं? कुछ भी करने से पहले सोचिए, क्योंकि आपका भविष्य आपके हाथों में है।'

इस अभियान में सच्चाई या सच्चाई की कमी यहाँ महत्त्वपूर्ण नहीं थी। उन्होंने इसे अनगिनत बार दोहराया। इटली में जनता जिस ओर भी मुड़ती, मीडिया से उन्हें यही जानकारी मिलती कि कम्युनिज्म का दानव जनता को दबोचने का इंतजार कर रहा है।

जनता को पता नहीं था कि यह अभियान चला कौन रहा है? लेकिन रोज एक ही चीज सुन-सुनकर उनका संदेह बढ़ने लगा। उन्होंने यह सोचना आरंभ कर दिया कि कम्युनिज्म वरदान है या अभिशाप है?

सी.आई.ए. ने तुरंत ही अपना अगला कदम उठा लिया।

इस बार उन्होंने इटली के कम्युनिस्ट नेताओं को निशाना बनाया।

उन्होंने उन नेताओं पर कई आरोप लगाए और आरोपों के पक्ष में सबूत भी पेश किए। उनमें से अधिकांश सबूत सी.आई.ए. द्वारा गढ़े गए थे।

लेकिन इटलीवालों को इसके बारे में पता नहीं था। कम्युनिज्म उनके देश के लिए नई चीज थी। उन्होंने फैसला लिया कि वे उसे चुनकर जोखिम नहीं मोल लेंगे। सोशलिस्ट और कम्युनिस्ट पार्टी के सभी वोटर रिपब्लिक पार्टी की ओर मुड़ गए।

चुनाव की घोषणा के समय जीतने के लिए संघर्ष कर रही रिपब्लिक पार्टी भारी बहुमत से सत्ता में आई। कुल वोटों का करीब आधा उन्हें प्राप्त हुआ। अमेरिका की इच्छा के अनुसार इटली में रिपब्लिक पार्टी की सत्ता मजबूत हो गई।

उस समय चुनाव हारी कम्युनिस्ट पार्टी फिर कभी इटली की सत्ता में नहीं आ पाई। सी.आई.ए. का पहला विदेशी मिशन पूरी सफलता से पूरा हुआ।

डेढ़ साल बाद सी.आई.ए. ने इटली का ही ड्रामा दूसरी जगह दोहराया। इस बार उनके निशाने पर फिलीपींस था।

फिलीपींस को दूसरे विश्व युद्ध के समय आजादी मिली थी और वहाँ अमेरिका समर्थक सरकार थी। इसलिए अमेरिका उस सरकार को वित्तीय सहायता दे रहा था। बदले में वह फिलीपींस को अपने सैन्य अड्डे के रूप में इस्तेमाल कर रहा था।

कम्युनिस्ट वहाँ भी उसका रास्ता रोक रहे थे। फिलीपींस कम्युनिस्ट पार्टी की सैन्य ईकाई 'हुकबालाहाप' अपनी सरकार द्वारा अमेरिका का समर्थन करने के कारण विद्रोह पर उतर आई थी।

इसके कारण पूरे फिलीपींस में विरोध-प्रदर्शन और दंगे शुरू हो गए। फिलीपींस की सरकार चिंता से यह देख रही थी कि विद्रोहियों को जनता का समर्थन धीरे-धीरे बढ़ रहा है।

फिलीपींस ने विद्रोहियों को दबाने के लिए अमेरिका से मदद माँगी। अमेरिका ने यह काम सी.आई.ए. को सौंपा।

इटली वाली पटकथा फिलीपींस में भी दोहराई गई। 'कम्युनिस्ट जनता के खिलाफ हैं। क्या आप उनका समर्थन करेंगे?' हर दिशा से यही संदेश प्रसारित हो रहा था।

लेकिन क्या इन आरोपों के लिए सबूत जरूरी नहीं था? सी.आई.ए. और फिलीपींस की सेना ने कुछ हिंसक हमलों की योजना बनाई और उनका दोष कम्युनिस्टों पर मढ़ दिया।

उन अभियानों के इतर, फिलीपींस में उनके पास कुछ अन्य महत्त्वपूर्ण मुद्दे भी थे। उन्होंने स्थानीय सेना के लिए जरूरी हथियार व उपकरण खरीदे और उन्हें चलाने का प्रशिक्षण भी दिया। फिलीपींस की सेना अब आंतरिक झगड़ों से निपटने के लिए तैयार थी।

फिलीपींस में आम चुनाव वर्ष 1953 में होने थे। सी.आई.ए. ने उन चुनावों में अमेरिका के समर्थनवाली सरकार की जीत के लिए काम करना आरंभ किया। कम्युनिस्ट-विरोधी अभियान पूरी तेजी से चल रहा था। दुश्मनों के खिलाफ सबूतों के साथ आरोप लगाए गए। अंततः अमेरिका के समर्थनवाली पार्टी चुनाव जीती और सरकार बनाने में सफल हुई।

उसी साल ईरान में भी राजनीतिक बदलाव हुआ और उसके पीछे भी सी.आई.ए. की ही भूमिका थी।

मोहम्मद मोसद्दिक ईरान के निर्वाचित नेता थे। उनके द्वारा बेहतरी की दिशा में उठाए गए कुछ रणनीतिक फैसले पश्चिमी देशों को पसंद नहीं आए।

ब्रिटेन ने तय किया कि उनका शासन जारी नहीं रहना चाहिए और इसके लिए वह मैदान में उतर आया। उसने मदद के लिए सी.आई.ए. को भी साथ में ले लिया।

मोसद्दिक को सत्ता से हटाना उनका प्राथमिक मिशन था। अगला कदम अपने अनुकूल एक व्यक्ति की तलाश कर उसे सत्ता में बिठाना था। इन दोनों लक्ष्यों को हासिल करने के लिए कई गोपनीय गतिविधियाँ शुरू की गईं।

खासकर सी.आई.ए. ने ऐसे लोगों की तलाश की, जो मोसद्दिक के विरोधी थे और उनके द्वारा उठाए गए कदमों को पसंद नहीं करते थे। ऐसे लोग, जो सिर्फ शासन का विरोध करने के बारे में सोचते भर थे, उनमें आत्मविश्वास भरा गया और उन्हें हथियार उठाने में सक्षम बनाया गया।

कई युवाओं को धन की मदद और हथियार चलाने का प्रशिक्षण दिया गया। उन्होंने मोसद्दिक के खिलाफ ईरानी लोगों में नफरत फैलाना आरंभ किया। वे मोसद्दिक समर्थकों के साथ झगड़े में उलझने लगे।

इन गतिविधियों के जरिए, जैसा कि सी.आई.ए. ने सोचा था, लोग विद्रोह पर उतारू हो गए। अमेरिका ने परिस्थितियों का सदुपयोग किया और गंदे तालाब से कई मछलियाँ पकड़ीं। उन्होंने कई अन्य दंगाइयों को प्रशिक्षण दिया तथा समस्या को और हवा दी।

अगस्त 1953 में विद्रोहियों ने सरकार पलट दी। प्रधानमंत्री मोहम्मद मोसद्दिक को पकड़ लिया गया और जेल में डाल दिया गया। ईरान में अमेरिका और सी.आई.ए. की पसंद की सरकार बन गई।

अगले साल यही ग्वाटेमाला में हुआ। कम्युनिज्म का समर्थन करने वाली सरकार या जिसके बारे में अमेरिका ने यह सोचा कि वह कम्युनिज्म का समर्थन कर रही है, सी.आई.ए. ने पलट दी।

इस बार सी.आई.ए. ने जिसे सत्ता से बेदखल किया, वे थे—जैकब अर्बेंज गूजमैन। वे सन् 1951 में ग्वाटेमाला में सत्ता में आए थे और देश में कई तरह के सुधारों को लागू किया था।

गूजमैन के इन सुधारों के कारण उन्हें एक कम्युनिस्ट के रूप में देखा गया। अमेरिका ने इसका संज्ञान लिया और सतर्क हो गया।

यह वो समय था, जब कम्युनिज्म सिर्फ यूरोप ही नहीं, बल्कि अमेरिका में भी फैलना शुरू हुआ था। अमेरिका इसे शुरुआती अवस्था में ही जड़ से उखाड़ देना चाहता था और इसके लिए उसने कई कदम उठाए।

उन्हें हर कोई कम्युनिस्ट नजर आता था। अधिकारियों व नेताओं से लेकर उन्होंने लेखकों, कलाकारों, अभिनेताओं तक की तलाश की और उनका रास्ता रोक दिया। हॉलीवुड के लोकप्रिय हास्य कलाकार चार्ली चैपलिन भी उन लोगों में से थे, जिन्हें इस आरोप में अमेरिका से निकाल दिया गया।

ऐसे लोग, जो चार्ली चैपलिन पर शक कर सकते थे, उन्होंने यदि अर्बेंज गूजमैन को कम्युनिस्ट मान लिया तो इसमें आश्चर्य की कोई बात नहीं थी। अमेरिका ने अनुमान लगाया कि वह सोवियत संघ के साथ काम कर रहे हैं और इसलिए उसने उन्हें सत्ता से उखाड़ फेंकने का फैसला कर लिया।

जो अमेरिका इटली और फिलीपींस जैसे दूरस्थ देशों में कम्युनिज्म को नहीं पनपने दे सकता था, वह अपनी नाक के नीचे ग्वाटेमाला में कम्युनिस्ट सरकार कैसे बरदाश्त करता? अर्बेंज की सोवियत संघ के साथ जुगलबंदी के परिणाम के भय ने अमेरिका को इस बात के लिए मजबूर किया कि वह कुछ बड़े कदम उठाए।

इससे भी बढ़कर, कुछ अमेरिकी कंपनियाँ, जो अर्बेंज के शासन से प्रभावित हुई थीं, उन्हें सत्ता से हटाना चाहती थीं। अमेरिकी सरकार इस परिस्थिति में उनके साथ शामिल हो गई।

अर्बेंज गूजमैन को सत्ता से हटानेवाले ऑपरेशन का नाम सी.आई.ए. ने 'पीबीसक्सेस' रखा था। इसके लिए ईरान में इस्तेमाल और सफल साबित हुए फॉर्मूले को यहाँ भी इस्तेमाल किया गया। सरकार का विरोध करनेवालों की तलाश करो, उनकी मदद करो, विरोधी प्रचार अभियान चलाओ, हमला करो, विद्रोह भड़काओ, असमंजस की स्थिति बनाओ, दंगे भड़काओ—और अंत में, नई सरकार का गठन।

सी.आई.ए. की योजना ने सटीक तरीके से काम किया। उसे वहाँ कुछ स्थानीय समूह मिल गए, जो अर्बेंज के शासन से खुश नहीं थे। उसने उन्हें उनकी जरूरत के हिसाब से मदद दी और अपनी शुभकामनाएँ देकर मैदान में उतार दिया।

दूसरी ओर, अमेरिका ने ग्वाटेमाला पर राजनीतिक और वित्तीय दबाव बढ़ा दिया। कम्युनिज्म-विरोधी अभियान जोर-शोर से जारी था।

ग्वाटेमाला की छोटी सी सरकार हर ओर से हो रहे सी.आई.ए. के हमले को झेल नहीं पाई। सी.आई.ए. ने कुछ सौ स्थानीय विरोधियों का इस्तेमाल करके अपना लक्ष्य हासिल कर लिया।

अर्बेंज गूजमैन को पद से इस्तीफा देने के लिए मजबूर होना पड़ा।

ईरान और ग्वाटेमाला में दो लगातार सफलताओं ने सी.आई.ए. के आत्मविश्वास को बढ़ा दिया। उन्होंने और कम्युनिज्म-समर्थकों (यानी अमेरिका-विरोधियों) की तलाश शुरू कर दी।

इसके बाद क्यूबा उनके निशाने पर आया। फिदेल कास्त्रो के नेतृत्व में एक क्रांतिकारी सरकार उस देश पर शासन कर रही थी।

सी.आई.ए. ने दूसरे कम्युनिस्ट शासकों की तरह फिदेल कास्त्रो को भी सत्ता से उखाड़ फेंकने का फैसला किया।

वह फैसला शायद किसी अपवित्र मुहूर्त में लिया गया था! उस समय सी.आई.ए. के पैरों से लिपटा क्यूबाई साँप आज के दिन तक सी.आई.ए. के इतिहास पर एक काला धब्बा है।

□

5

निष्कपट एजेंट

विश्व-प्रसिद्ध हास्य पत्रिका 'मैड' में एक लोकप्रिय कार्टून सीरीज प्रकाशित हुई थी, जिसका नाम था 'स्पाई वर्सेज स्पाई', अर्थात् जासूस बनाम जासूस।

दो जासूस उसके पात्र थे। एक काला जासूस, जबकि दूसरा गोरा जासूस। दोनों दो देशों का प्रतिनिधित्व करते थे। दोनों अपने विरोधी का रहस्य चुराने और उसपर हमले का प्रयास करते रहते।

आमतौर पर जासूसों को अत्यंत बुद्धिमान समझा जाता है; लेकिन इस कार्टून सीरीज में दिखाया गया था कि एक-दूसरे को हराने की होड़ में दोनों जासूस कई बार मूर्खतापूर्ण कार्य करते थे। यह 'स्पाई वर्सेज स्पाई' सीरीज, जिसमें सिर्फ तसवीरें होती थीं और एक भी डायलॉग का इस्तेमाल नहीं किया गया था, अधिकांश देशों में लोकप्रिय हुई थी।

लेकिन क्या असलियत में एजेंट इस प्रकार मूर्खतापूर्ण तरीके से व्यवहार करते हैं?

इस कार्टून सीरीज को जन्म देनेवाले एंटोनियो प्रोहियास ने इस सवाल का कभी सीधा जवाब नहीं दिया; लेकिन उसके जन्म वाले देश क्यूबा में उसकी मजेदार कल्पनाओं को भी पीछे छोड़नेवाली कई जासूसी कॉमेडी लोकप्रिय थीं।

इन सभी की पटकथा, संवाद और संपादन का श्रेय सी.आई.ए. को था।

सी.आई.ए. का मिशन क्यूबा में कॉमेडी फिल्म निर्देशित करने का नहीं था, लेकिन उन्होंने क्यूबा के शासक फिदेल कास्त्रो को सत्ता से हटाने के लिए जो भी कदम उठाए थे, वे सबके सब बुरी तरह विफल साबित हुए थे।

कास्त्रो को जनता का ऐसा ही समर्थन हासिल था। उनकी सेना और सुरक्षा में लगे लोग सी.आई.ए. की सभी गतिविधियों का सटीक पूर्वानुमान लगाकर, उन गतिविधियों को विफल कर उलटा हमला कर देते थे।

सी.आई.ए. ने फिदेल कास्त्रो की हत्या की भी कोशिश की, मगर वे नाकाम रहे। सी.आई.ए. ने एक या दो बार नहीं, बल्कि 638 बार फिदेल कास्त्रो को मारने की कोशिश की और हर बार विफल रही। दुनिया में और किसी नेता ने अपनी जान पर इतने हमले नहीं झेले हैं।

इन्हें अफवाह मानकर खारिज न करें। 80 वर्ष की उम्र में फिदेल कास्त्रो ने खुद एक आलेख लिखकर यह बताया था कि सी.आई.ए. और अमेरिका ने कई बार उनकी जान लेने की कोशिश की।

इस बारे में सी.आई.ए. के गोपनीय दस्तावेज भी हाल के वर्षों में जनता के बीच सार्वजनिक हुए हैं, जो इन दावों की पुष्टि करते हैं। अलग से एक पुस्तक भी प्रकाशित हुई है, जिसका नाम है—'सी.आई.ए. टारगेट फिदेल'। इस पुस्तक में उन तरीकों के बारे में बताया गया है, जो सी.आई.ए. ने फिदेल को मारने के लिए इस्तेमाल किए थे।

यदि आप इस पुस्तक में जेम्स बॉण्ड जैसा एक्शन तलाशेंगे तो आपको निराशा मिलेगी। पूरी पुस्तक में कॉमेडी दृश्यों की भरमार है और पाठकों को आश्चर्य हो सकता है कि क्या ऐसे भोले-भाले प्लान भी सोचे जा सकते हैं!

कुछ उदाहरण देखें—

- कास्त्रो को हवाना सिगार पसंद है। किसी एक सिगार में विस्फोटक रख दो। वह उसे जलाएगा और धमाके से उड़ जाएगा।
- कास्त्रो को गहरे पानी में तैरना पसंद है। उसके स्विम सूट में जहर लगा दो। जब वह उसे पहनकर पानी में जाएगा तो जहर उसके पूरे शरीर में फैल जाएगा। उसका शरीर अपंग हो जाएगा और वह नाकारा हो जाएगा।
- किसी सी.आई.ए. एजेंट के जरिए जहर-बुझी सूई मँगाओ। अगर वह यह सूई कास्त्रो को चुभो दे तो बाकी का काम जहर से हो जाएगा।
- सी.आई.ए. कास्त्रो की गर्लफ्रेंड को रिश्वत देकर जहर की गोलियाँ उसे दिलवाए। यदि वह उन गोलियों को कास्त्रो के खाने में मिला दे तो काम बन जाएगा।
- बैक्टीरिया-मिश्रित जहर उसके रूमाल पर छिड़क दो। क्या वह अपनी नाक साफ करने या पसीना पोंछने के लिए अकसर अपना रूमाल इस्तेमाल नहीं करता ?

हालाँकि, फिदेल कास्त्रो की जान लेने के लिए सी.आई.ए. के प्रयासों की सूची मीलों लंबी है, मगर यह सभी प्रयास विफल रहे। सी.आई.ए. द्वारा भेजा गया कोई भी व्यक्ति कास्त्रो तक पहुँच नहीं पाया। कास्त्रो की सुरक्षा का घेरा ऐसा ही मजबूत था।

अंत में, आखिरी प्रयास के रूप में सी.आई.ए. ने माफिया से संपर्क किया। सी.आई.ए. ने किसी भी तरह कास्त्रो को खत्म करने के लिए माफिया को ठेका दिया।

उनका यह प्रयास भी विफल रहा। क्यूबा के खुफिया विभाग ने उन बंदूक वालों को भी उसी तरह पकड़ लिया, जैसे जहर वालों को पकड़ा था।

जब फिदेल कास्त्रो हर प्रयास के बावजूद बच गया तो सी.आई.ए. को समझ नहीं आया कि वह क्या करे? अंततः, उसने अपने इस मिशन को छोड़ दिया और कास्त्रो की प्राकृतिक मौत का इंतजार करने लगी।

कास्त्रो के बारे में सी.आई.ए. ने जो भी किया, वह सब विफल साबित हुआ। शुरुआती दिनों में ही उसकी सरकार को पलट देने में वे बुरी तरह फेल हुए।

यह सी.आई.ए. की बहुत बड़ी गलती थी। उन्होंने क्यूबा में भी वही नाटक दोहराने की कोशिश की, जो वे दूसरे देशों में सफलतापूर्वक कर चुके थे। उन्होंने कास्त्रो की सरकार पलटने और नाम मात्र की सरकार के लिए किसी को तलाश करने की बात सोच रखी थी; लेकिन यहाँ योजना पर काम करने से पहले उन्होंने ठीक से विचार नहीं किया।

दूसरे देशों में सफल रही उनकी योजना क्यूबा में विफल रही। इसकी वजह थी—अपनी जनता से कास्त्रो को मिलनेवाला समर्थन। अमेरिका एवं सी.आई.ए. इसका अनुमान लगाने में विफल रहे।

अमेरिकी मान बैठे थे कि जैसा वे सोचते हैं, पूरी दुनिया वैसे ही सोचती है! वे इससे परे कुछ नहीं सोच सकते थे। उनका मानना था कि चूँकि वे कम्युनिज्म को पसंद नहीं करते, इसलिए पूरी दुनिया भी कम्युनिज्म को पसंद नहीं करती! इसलिए जो भी उनकी नीतियों के खिलाफ किसी देश पर शासन कर रहे हैं, उन्हें उनकी सत्ता से हटा दिया जाना चाहिए।

अमेरिका की यह जिद क्यूबा में नहीं चली। क्यूबावासी कास्त्रो को अपना असली नेता मानते थे। सी.आई.ए. इसे समझ नहीं पाई और क्यूबा को भी गंदे तालाब में बदलकर मछली पकड़ने का प्रयास किया।

उस दौर में जॉन एफ. केनेडी अमेरिका के राष्ट्रपति थे। सी.आई.ए. ने क्यूबा में अपनी सारी गतिविधियाँ उनके आशीर्वाद से चलाई थीं।

उनकी शुरुआती योजना क्यूबा में हथियारों से सीधा हमला करने की थी; लेकिन इससे दुनिया में अमेरिका की छवि पर काला धब्बा लग सकता था, इसलिए उन्होंने छिपा हुआ रास्ता ही अपनाना तय किया।

उनकी योजना में कोई बड़ा बदलाव नहीं था—कास्त्रो से दुश्मनी रखनेवाले और सत्ता के लिए लालायित स्थानीय समूहों की तलाश करना, उन सभी को इकट्ठा करना, उन्हें सभी जरूरी मदद देना और विद्रोह भड़काना।

'बे ऑफ पिग' नामक एक जगह को कास्त्रो के खिलाफ विद्रोह की शुरुआत के लिए चुना गया। बाद में इस योजना को 'बे ऑफ पिग इन्वेशन' नाम भी दिया गया।

स्वाभाविक रूप से सी.आई.ए. ने क्यूबा में कुछ विद्रोही भी तलाश लिये। उसने उन्हें धन, हथियार और प्रशिक्षण देकर तैयार किया। उन्हें शुभकामनाएँ देकर क्यूबा में गड़बड़ी फैलाने भेज दिया गया।

सी.आई.ए. ने उन्हें अकेले नहीं भेजा। विद्रोहियों के आगे-पीछे कई युद्धपोत एवं लड़ाकू विमान भी भेजे गए। अमेरिका सिर्फ स्थानीय विद्रोहियों पर भरोसा नहीं करना चाहता था, इसलिए वह भारी हमले के लिए तैयार था।

उन युद्धपोतों एवं लड़ाकू विमानों को चलानेवाले सभी लोग अमेरिकन थे; लेकिन उनकी योजना यह थी कि वे अपनी पहचान नहीं उजागर करेंगे और हर चीज को क्यूबा के आंतरिक विद्रोह के लबादे में ढके रहेंगे।

उनका बहाना यह था कि स्थानीय क्यूबावासी कास्त्रो का विरोध कर रहे हैं। उन्हें कास्त्रो की सेना पर हमला करना चाहिए। वे उसे देश से बाहर निकालने की योजना बना रहे हैं। उनकी किसी भी गतिविधि के लिए हम जिम्मेदार नहीं हैं। शांति।

लेकिन अमेरिका/सी.आई.ए. का यह सपना बहुत जल्द टूट गया।

पहले कई बार सफल हो चुकी उनकी योजना क्यूबा में बुरी तरह फ्लॉप हुई। स्थानीय विद्रोह, जिसकी सी.आई.ए. को उम्मीद थी, कभी नहीं हुआ।

उन्होंने कास्त्रो के खिलाफ जिन विद्रोहियों को भेजा था, उन्हें जनता ने पकड़ लिया और उनकी बुरी तरह धुनाई की। कास्त्रो के खिलाफ उनके कुछ भी बोलने से पहले ही जनता ने उन्हें पुलिस थाने पहुँचा दिया।

सी.आई.ए. को किसी देश की जनता की सोच की परवाह नहीं थी। मगर किसी देश में अगर सरकार को जनता के बहुमत का समर्थन हो तो ऐसी सरकार को पलटना उनके लिए मुश्किल था।

सी.आई.ए. ने सपने में भी क्यूबावासियों की ऐसी एकता के बारे में नहीं सोचा था। लोग अपने दिल से कास्त्रो पर भरोसा करते थे। उन्होंने हर उस ताकत का विरोध किया, जो कास्त्रो के खिलाफ थी, फिर वह ताकत सर्वशक्तिशाली ही क्यों न हो! सी.आई.ए. को कुछ समय में ही समझ में आ गया कि वह इन लोगों में फूट नहीं डाल सकती और उनसे जीत नहीं सकती।

लेकिन जब तक उन्हें यह बात समझ आती, उससे पहले ही स्थिति नियंत्रण से बाहर हो चुकी थी। हमले का इंतजार कर रहे अमेरिकी विमानों को मार गिराया गया।

केनेडी या सी.आई.ए. अपनी सेना की मदद के लिए अतिरिक्त सेना नहीं भेज सकते थे। चूँकि उन्होंने पूरी योजना परदे के पीछे से बनाई थी, इसलिए वे खुलकर सामने नहीं आ सकते थे।

उस विद्रोह को फिदेल कास्त्रो के सीधे मार्गदर्शन में नियंत्रित कर लिया गया। अमेरिका द्वारा भेजे गए अधिकांश विद्रोही मार डाले गए या गिरफ्तार कर लिये गए।

केनेडी सरकार को शर्मिंदगी उठानी पड़ी। वे खुलकर यह नहीं कह सकते थे कि क्या हुआ और साथ ही वे इतनी बड़ी बात को छिपा भी नहीं सकते थे।

अमेरिका के मुकाबले क्यूबा बहुत छोटा सा देश है। सी.आई.ए. क्यूबा में बुरी तरह विफल होने के बाद शर्मिंदा थी।

लेकिन ऐसी स्थिति में वह कुछ कर भी नहीं सकती थी। उनका यह अहंकार कि वह कहीं भी और किसी को भी सत्ता से उखाड़ सकते हैं, क्यूबा में आकर ध्वस्त हो गया था।

सी.आई.ए. ने बैठकर अब तक हुई घटनाओं का विश्लेषण करना

शुरू कर दिया। कौन था ये फिदेल कास्त्रो? क्या वह ऐसा व्यक्ति नहीं था, जिसने सैन्य क्रांति के जरिए सरकार हथियाई थी? लोग क्यों उसके प्रति इतना आकर्षित थे?

जब उन्होंने इस कोण से परिस्थिति का आकलन किया, तब उन्हें कास्त्रो नामक उस व्यक्ति के संपूर्ण व्यक्तित्व का आभास हुआ। क्यूबावासियों के बीच कास्त्रो को जो समर्थन हासिल था, वह किसी भय के कारण नहीं था और न ही वह इस झुँझलाहट की वजह से था कि कास्त्रो दूसरों से बेहतर थे।

कास्त्रो ने फासिस्ट शासक फल्जेंजो बतिस्ता को सत्ता से हटाकर सरकार पर कब्जा किया था। इसलिए जनता उन पर एक ऐसे व्यक्ति के रूप में पूरा भरोसा करती थी, जिसने उन्हें आजादी दिलाई और जो क्यूबा को नई ऊँचाइयों पर ले जा सकता था।

संक्षेप में, कास्त्रो की लोकप्रियता व्यक्ति-पूजा के कारण नहीं थी, बल्कि इस तथ्य की वजह से थी कि लोग उनकी नीतियों से जुड़ाव महसूस करते थे।

सी.आई.ए. इसे नहीं समझ सकी। उन्होंने इस प्रतिशोध की भावना के साथ दोबारा प्रयास शुरू किया कि कोई भी नेता ऐसा नहीं है, जिसे हटाया न जा सकता हो!

इसके बाद उन्होंने विरोधियों को तलाशना बंद कर दिया। उन्होंने पूरे क्यूबा में सी.आई.ए. के एजेंटों की घुसपैठ कराई। उन सभी का एक ही लक्ष्य था—किसी भी तरह कास्त्रो की हत्या करो!

इस अध्याय के आरंभ में हम देख चुके हैं कि इसके लिए उन्होंने कितने जोरदार तरीके अपनाए। किंतु अंत तक वे कास्त्रो की परछाईं को भी नहीं छू पाए।

हालाँकि, कई विफलताओं के बाद भी उन्हें बुद्धि नहीं आई। उन्होंने क्यूबावालों के मन से कास्त्रो को उतारने के लिए कई बचकाने प्रयास किए।

किसी ने सी.आई.ए. को बताया कि कास्त्रो की शानदार दाढ़ी के

कारण क्यूबावाले उन्हें पसंद करते हैं। सी.आई.ए. तत्काल कास्त्रो की दाढ़ी मूँड़ने की योजना बनाने लगी।

सी.आई.ए. ने कास्त्रो के जूते में थेलियम डालने की कोशिश की। जब यह रसायन खून में मिलेगा तो शरीर के सारे बाल झड़ जाएँगे और लोग कास्त्रो से दूर हो जाएँगे।

यह 'पेशेवर' योजना विफल हो गई और सी.आई.ए. हतोत्साहित हुई। हालाँकि, उसने लोगों की नजरों से कास्त्रो को गिराने का अपना प्रयास जारी रखा।

अगली योजना कास्त्रो के सिगार में ड्रग्स की मिलावट करने की बनी। जब वह किसी सार्वजनिक कार्यक्रम में हों तो ड्रग्स वाली सिगार पीकर वह अपने आप को हँसी का पात्र बनाएँगे और जनता उनसे नफरत करने लगेगी।

अपनी हँसी रोकिए! अभी एक और बड़ी हास्यास्पद योजना है, जिसके मुकाबले बाकी योजनाएँ छोटी लगेंगी।

उन्होंने क्यूबावालों के धार्मिक विश्वास को अपनी योजना में शामिल किया। सी.आई.ए. ने यह बात फैलाई कि सिर्फ कास्त्रो जैसे नास्तिक की सरकार को गिराने के बाद ही ईश्वर उन्हें अपना आशीर्वाद देगा।

दूसरों के मुकाबले क्यूबा वासी किसी बात पर आसानी से भरोसा नहीं करते। सी.आई.ए. को यह बात समझ आ गई थी, इसलिए उसने एक आडंबरपूर्ण 'अवतरण' कार्यक्रम की योजना बनाई।

यह किसी सामान्य व्यक्ति का अवतरण नहीं था, बल्कि ईसा मसीह के अवतरण की योजना बनाई गई थी। इसकी पूरी कथा, पटकथा और संवाद इसी योजना के आसपास तैयार किए गए थे। ईसा मसीह धरती पर फिर आने के लिए तैयार थे, मगर वे क्यूबा में कदम रखने से हिचकिचा रहे थे, क्योंकि वहाँ एक नास्तिक शासन कर रहा था। उन्होंने ऐसे भव्य ग्राफिक प्रबंध किए थे, जिसे देखकर बॉलीवुड एवं कॉलीवुड के निर्देशक भी शरमा जाएँ!

उन्होंने क्यूबा के समुद्र-तट पर एक अमेरिकी जहाज की मदद से

एक विशाल प्रतिकृति की रचना की। उस प्रतिकृति को ईसा मसीह का नाम दिया गया। फिदेल कास्त्रो को एक ऐसा दुष्ट व्यक्ति करार दिया गया, जो ईसा मसीह को धरती पर आने से रोक रहा है।

सी.आई.ए. को उम्मीद थी कि क्यूबा वासी उसके इस झाँसे में आ जाएँगे और कास्त्रो को दाढ़ी से घसीटकर 'ओ जीसस' का क्रंदन करते हुए समुद्र में फेंक देंगे!

लेकिन क्यूबा वासी 'अवतरण' के इस झाँसे में नहीं आए। कास्त्रो की सुदृढ़ छवि को कोई नुकसान नहीं पहुँचा। सी.आई.ए. को एक बार और विफलता हाथ लगी।

इन सभी विफलताओं के बावजूद सी.आई.ए. ने क्यूबा में कास्त्रो के शासन को अस्थिर करने का अपना प्रयास अंत तक नहीं छोड़ा। क्यूबा और कास्त्रो नामक काँटा आज तक अमेरिका को चुभता रहता है।

आखिर, जब दुनिया भर के कई देशों में कम्युनिस्ट शासक और समर्थक हैं तो आखिर अमेरिका ने केवल फिदेल कास्त्रो को ही अपने निशाने पर क्यों रखा?

इसकी दो वजहें हैं। पहली तो यह कि क्यूबा अमेरिका का पड़ोसी देश है। अपने बगल में अमेरिका किसी कम्युनिस्ट सरकार को बरदाश्त नहीं कर सकता था। वह इस तथ्य को भी नहीं पचा पा रहा था कि वह इतने छोटे से देश को तबाह करने में असमर्थ था!

दूसरी वजह यह थी कि कास्त्रो सिर्फ कम्युनिस्ट-समर्थक भर नहीं थे, बल्कि वह सोवियत संघ के भी खुले समर्थक थे—और यह बात अमेरिका को चुभ रही थी।

आखिर, वह अपने ऐसे दुश्मन को अपने पैरों के नीचे फलता-फूलता देखकर कैसे शांत रह सकता था?

सोवियत संघ क्यूबा में क्या कर रहा था? सी.आई.ए. के जासूस क्यूबा में इस सवाल का जवाब तलाशने में जुटे थे।

□

6
पूरी दुनिया में निगाहें

मॉस्को में एक रूसी ने एक सी.आई.ए. एजेंट से संपर्क साधा। उसने कहा, "मैं तुम्हारी मदद करना चाहता हूँ।"

जासूसी के शब्दकोश में 'मदद' का सिर्फ एक ही अर्थ होता है—'मैं अपने देश के राज तुम्हें बेचना चाहता हूँ। मुझे कितना पैसा मिलेगा?'

सी.आई.ए. के सामने स्वयं सेवा के लिए पहुँचा वह रूसी कोई आम नागरिक नहीं था। वह उस समय सोवियत संघ की सेना के इंटेलिजेंस विंग जी.आर.यू. का एक महत्त्वपूर्ण अधिकारी था। वह सी.आई.ए. एजेंट के रूप में काम करने के लिए खुद हाजिर हुआ था।

आमतौर पर ऐसे प्रस्ताव से सी.आई.ए. को खुश होना चााहिए था। आखिर उन्हें सोवियत संघ सरकार के अभेद्य आंतरिक घेरे में एक जासूस घुसाने का मौका मिल रहा था! इसके बाद सी.आई.ए. को सोवियत संघ के सारे राज मिल सकते थे।

लेकिन सी.आई.ए. ने ऑलेग पेंकोवस्की नामक उस अधिकारी को संदेह की नजर से देखा। उन्होंने उसके प्रस्ताव को खारिज कर दिया और पीछे हट गए।

आखिर हुआ क्या था? कम्युनिस्ट शासन के दौरान सोवियत संघ एक रहस्यपूर्ण स्थान बन गया था। उन्होंने अपनी सीमाएँ बंद कर दी थीं

और किसी को पता नहीं था कि बंद दीवारों के पीछे क्या चल रहा है? अमेरिकी सरकार उनकी योजनाएँ पता करने के लिए संघर्ष कर रही थी।

ऐसी परिस्थिति में एक बड़ा अधिकारी सूचनाओं के साथ सामने आया था; लेकिन सी.आई.ए. ने उसके प्रस्ताव को स्वीकारने से इनकार कर दिया था।

क्यों?

उन दिनों सी.आई.ए. के स्तर पर यदि कोई गुप्तचर एजेंसी प्रदर्शन कर रही थी तो वह थी—सोवियत संघ की के.जी.बी.—कोमितेत गोसुदर्स्तवेनोई बेजोपेंस्नोस्ती। वास्तव में के.जी.बी. के अधिकारी कई मायनों में सी.आई.ए. से बहुत आगे थे।

अमेरिका और सोवियत संघ में उस दौर में शीत युद्ध चरम पर था। दोनों पक्ष जानना चाहते थे कि दूसरा क्या कर रहा है?

इसलिए सी.आई.ए. ने अधिकारियों के वेश में अपने कुछ जासूसों को मॉस्को भेजा। उनका काम ऐसे स्थानीय लोगों की तलाश करना था, जो सी.आई.ए. एजेंट के रूप में काम कर सकें।

यह एजेंट दिन में अमेरिकी दूतावास में काम करते थे और शाम होते ही अपना असली काम आरंभ करते थे। वे ऐसे समारोहों और पार्टियों में शामिल होते, जिनमें सोवियत संघ के बड़े अधिकारी एवं महत्त्वपूर्ण लोग मौजूद हों और इस बात पर नजर रखते थे कि उनमें से कौन जासूसी के काम के उनके उद्देश्य के लिए उपयुक्त हो सकता है।

जिस समय सी.आई.ए. सोवियत संघ में जासूस तलाश रही थी, के.जी.बी. अमेरिका में गहरी पैठ बना चुकी थी। वह अमेरिका में होनेवाली हर घटना की जानकारी पूरी सटीकता से सोवियत संघ को भेज रही थी।

के.जी.बी. अमेरिका पर आक्रमण करना चाहती थी। उन्हें इस बात की जानकारी थी कि अमेरिकी सोवियत संघ में जासूसों की तलाश कर रहे हैं। इसलिए उन्होंने इस बात को अपने पक्ष में भुनाने का फैसला किया।

उनकी योजना के अनुसार, के.जी.बी. ने अपने सबसे भरोसेमंद अधिकारियों और आम लोगों को अमेरिका के दोस्त की भूमिका निभाने भेजा। वे सी.आई.ए. अधिकारियों से या तो सीधे या परिस्थितिजन्य रूप से मिले और चर्चा के दौरान सोवियत सरकार की आलोचना की।

सोवियत सरकार की आलोचना सुनकर सी.आई.ए. ने उन्हें अपने जासूसों के रूप में भरती कर लिया। उसने उन्हें खासी रकम दी और सोवियत संघ के राज जानने की कोशिश में जुट गई।

मगर उन 'जासूसों' से सी.आई.ए. को कोई काम की जानकारी नहीं मिली। उससे भी बढ़कर, वे सी.आई.ए. की सभी गतिविधियों की जानकारी के.जी.बी. को नियमित अंतराल पर भेजने लगे।

सी.आई.ए. को इस धोखे की भनक बहुत देर से लगी। इस दौरान स्थिति बद से बदतर हो चुकी थी। वे असमंजस की उस गहरी अवस्था में थे, जहाँ उन्हें ये समझ ही नहीं आ रहा था कि उनमें से कौन उनका समर्थक है और कौन के.जी.बी. से भेजा गया 'डबल एजेंट' है?

संक्षेप में, के.जी.बी. ने सी.आई.ए. के सामने चारा डाला और उन्हें जाल में फँसा लिया। इस घटना के बाद अमेरिकी सभी रूसियों को संदेह की नजर से देखने लगे।

इसलिए इसमें कोई आश्चर्य नहीं था कि सी.आई.ए. में ऑलेग पेंकोवस्की के प्रस्ताव को लेकर हिचकिचाहट थी कि अगर वह भी के.जी.बी. का जासूस निकला तो?

लेकिन साथ ही वे सोवियत संघ की जासूसी करना रोक नहीं सकते थे। वे लगातार इस चिंता में थे कि अमेरिका पर हमले के लिए सोवियत ने कैसे आधुनिक हथियार और प्रबंध कर रखे हैं? उनकी चिंता उन्हें सोवियत संघ में घुसपैठ करने के नए तरीके तलाशने को प्रेरित करती थी।

शुरुआती दिनों में सी.आई.ए. अपने एजेंटों को पैराशूट के जरिए सोवियत सीमा में उतारती थी। चूँकि यह तरीका खतरनाक था, इसलिए उन्होंने छिपे कैमरे लगे हुए गुब्बारे सोवियत सीमा में भेजने शुरू किए।

सोवियत संघ को इन गुब्बारों के बारे में पता लगा तो उसने उन्हें नाकाम कर उनकी तकनीक का विश्लेषण किया। इसके जरिए उन्हें सी.आई.ए. की पूरी योजना पता चल गई।

सोवियत संघ ने तत्काल मीडिया को बुलाया। उन्होंने सबूतों के साथ यह साबित किया कि अमेरिका मौसम के शोध के आवरण में गोपनीय रूप से उनकी जासूसी कर रहा है।

उसके बाद सी.आई.ए. के पास इस तरह की कोई और ट्रिक नहीं बची। उन्होंने गुब्बारों को अलग रखा और अगले कदम पर विचार करने लगे।

सी.आई.ए. के लिए सोवियत संघ के बारे में हर जानकारी जुटाना अनिवार्य था। यदि वे जरा सा भी विफल होते तो उन्हें पर्ल हार्बर जैसे एक और हमले को झेलना पड़ सकता था।

सी.आई.ए. इसके लिए कितना भी पैसा खर्च करने को तैयार थी। आखिर 'लौह आवरण' के पीछे चल क्या रहा है? उनकी विशेष सेना क्या कर रही है? उनकी सैन्य क्षमता क्या है? उनका परमाणु शोध कहाँ तक पहुँचा है? अफवाह है कि उनके पास ऐसी मिसाइलें हैं, जो महाद्वीपों के पार भी हमला कर सकती हैं और जो अमेरिका की ओर तैनात हैं। क्या यह संदेश सच है?

ऐसे सवाल हर ओर थे, लेकिन उनके जवाब नहीं थे। सी.आई.ए. का संयम टूट रहा था।

1 मई, 1960 को 'लॉकहीड यू-2' श्रेणी के एक अमेरिकी विमान ने पाकिस्तान से नॉर्वे के लिए उड़ान भरी। उस विमान को उड़ानेवाले पायलट का नाम फ्रांसिस गैरी पॉवर्स था।

पाकिस्तान और नॉर्वे दोनों ही कोई मुद्दा नहीं थे। बीच में पड़नेवाला सोवियत संघ मुसीबत था।

सोवियत संघ को पता चला कि एक अमेरिकी विमान उनकी सीमा से होकर उड़ान भर रहा है। उन्होंने तत्काल पता लगा लिया कि वह एक

जासूसी विमान है। इसलिए उन्होंने उस पर हमला कर उसे तबाह करने की कोशिश की।

हमले के कारण यू-2 विमान का नियंत्रण समाप्त हो गया और वह तेजी से नीचे जाने लगा। पायलट पॉवर्स ने पैराशूट के जरिए छलाँग लगाकर अपनी जान बचाई।

सोवियत सैनिकों ने पायलट एवं एयरक्राफ्ट—दोनों को कब्जे में ले लिया, लेकिन उन्होंने इसकी जानकारी मीडिया को नहीं दी।

जब अमेरिका को अपने विमान के लापता होने की जानकारी मिली तो वह शांत नहीं बैठा। उन्होंने घोषणा की कि उनका एक शोध विमान लापता हो गया है।

सोवियत संघ के तब के राष्ट्रपति निकिता ख्रुश्चेव इस घोषणा का ही इंतजार कर रहे थे और उन्होंने एक रिपोर्ट जारी कर यह जानकारी दी कि उन्होंने जासूसी करने आए एक विमान को मार गिराया है।

अमेरिका ने यह तो माना कि विमान उनका था, मगर पूरे भोलेपन से यह मानने से इनकार किया कि यह जासूसी विमान था।

इसके बाद सभी रहस्य उजागर हो गए। सोवियत संघ ने विमान में लगे कैमरे, उनके द्वारा ली गई सोवियत संघ की तसवीरें और अमेरिकी पायलट पॉवर्स को सबके सामने पेश किया।

अमेरिका और सी.आई.ए. को बेहद शर्मिंदगी झेलनी पड़ी। बिना किसी संदेह के यह साबित हो गया कि वह सोवियत संघ की जासूसी कर रहे थे।

इसने दोनों देशों के कूटनीतिक संबंधों को प्रभावित किया। ख्रुश्चेव ने जासूसी की गतिविधियों पर अमेरिका से माफी की माँग की। अमेरिका के राष्ट्रपति डी.डी. आइजनहॉवर ने इसे सिरे से नकार दिया।

सी.आई.ए. ने इन राजनीतिक दबावों की परवाह नहीं की। उनकी चिंता सिर्फ यही थी कि सोवियत संघ की जासूसी कैसे की जाए?

यदि वे पैराशूट से किसी जासूस को भेजते हैं तो वे उसे पकड़कर

जेल भेज देंगे। यदि वे जासूसी बैलून भेजते हैं तो वो उसे फोड़ देंगे। यदि वे एक विमान भेजें तो वे उसे मार गिराएँगे। ऐसे में सी.आई.ए. क्या करे?

अमेरिका ने तय किया कि वे किसी पर भरोसा नहीं करेगा और उसने तकनीक का इस्तेमाल शुरू कर दिया। उसने मानव-रहित विमानों और उपग्रहों पर शोध आरंभ किया।

अगले कुछ वर्षों तक सी.आई.ए. का मुख्य हथियार मशीनी जासूस ही थे; हालाँकि, इसमें उनके सालाना बजट का एक बड़ा हिस्सा खर्च हो रहा था, मगर इसने उन्हें घर बैठे पूरी दुनिया की जासूसी करने में सक्षम बना दिया।

एक बार जब वह दुनिया की जासूसी कर रहे थे, तब क्यूबा से आई एक खबर ने उन्हें झटका दिया। सोवियत संघ के जहाज नियमित रूप से क्यूबा से आवा-जाही कर रहे थे!

यदि अमेरिका पूछे कि 'सोवियत संघ से आपका क्या संबंध है?' तो दाढ़ीवाले फिदेल कास्त्रो कोई जवाब नहीं देंगे। जवाब देने के मामले में ख्रुश्चेव कास्त्रो से भी बदतर थे।

इसलिए सी.आई.ए. ने खुद जवाब तलाशने का फैसला किया। उन्होंने अपने 'यू-2' जासूसी विमान को क्यूबा में भेजा।

हालाँकि, कास्त्रो का रक्षा बल मजबूत था, मगर उनके पास सोवियत संघ की तरह आधुनिक हथियार या तकनीक नहीं थी। इसलिए वे अमेरिका की तकनीकी घुसपैठ को नहीं रोक सकते थे।

अमेरिकी विमान ने क्यूबा के कई ठिकानों की तसवीरें उतारीं और लौट गया। सी.आई.ए. ने उन तसवीरों का गौर से विश्लेषण किया।

क्यूबा में पनप रहे नए खतरे का पता लगाने के लिए सी.आई.ए. को किसी विशेष निगाह की जरूरत नहीं थी। ये तसवीरें बयाँ कर रही थीं कि क्यूबा में कुछ मिसाइल बेस बनाए जा रहे थे।

लेकिन क्यूबा अमेरिकी आर्थिक प्रतिबंधों तथा अन्य मसलों से

जूझते हुए धीमी गति से तरक्की कर रहा देश था। उसके पास मिसाइलें बनाने के लिए पैसे कहाँ से आ रहे थे?

क्यूबा के पास पर्याप्त धन नहीं था, मगर सोवियत संघ के पास था। अमेरिका समझ गया कि उसके दोनों पुराने दुश्मनों ने हाथ मिला लिया है और एक साथ मिलकर काम कर रहे हैं।

यह सोवियत संघ की एक कूटनीतिक पहल थी। उन्हें ऐसी मिसाइलें बनाने की जरूरत नहीं थी, जो महाद्वीपों के पार जा सकें। छोटी दूरी तय करनेवाली मिसाइलों का निर्माण ही पर्याप्त था।

वे मिसाइलें सोवियत संघ से चलकर अमेरिका पर हमला नहीं कर सकती थीं; लेकिन यदि वे बगल के देश क्यूबा से हमला करें तो?

शायद सोवियत संघ ने यह तय किया था कि अमेरिका को धमकाने का यही एकमात्र तरीका है। फिदेल कास्त्रो ने सोवियत संघ के इस नेक कार्य का स्वागत किया और उन्हें अपने यहाँ आने की इजाजत दे दी।

अमेरिकी इंटेलिजेंस ने पाया कि गोपनीय जासूसी से उन्हें ज्यादा मदद नहीं मिल रही है और घोषणा कर दी कि सोवियत मिसाइलें क्यूबा से उन पर हमले के लिए तैयार हैं। उन्होंने इस सूचना का स्रोत नहीं जाहिर किया। अमेरिका के राष्ट्रपति केनेडी ने यह कहते हुए इसकी आलोचना की कि यह अमेरिका के खिलाफ परोक्ष युद्ध है।

अमेरिका ने कहा कि क्यूबा में जो हो रहा है, वह अमेरिका के खिलाफ है और इसे तत्काल रोका जाना चाहिए।

कास्त्रो यह बात मानेंगे? उन्होंने इन सभी बयानों को अनसुना कर दिया और अपने काम में जुटे रहे।

एक स्तर पर आकर अमेरिका का धैर्य जवाब दे गया और उसने अक्तूबर 1962 के अंत में घोषणा की कि वह क्यूबा के खिलाफ युद्ध आरंभ करने की योजना बना रहा है।

इसके बाद ही इस मसले का अंत हुआ। सोवियत संघ क्यूबा

से अपनी मिसाइलें हटाने के लिए आगे आया। इसके बाद अमेरिकी एजेंसियों ने हमले की अपनी योजना रोक दी।

इसके बाद भी वह सोवियत संघ या क्यूबा पर पूरा भरोसा करने के लिए तैयार नहीं था। सी.आई.ए. ने इन दोनों देशों में अपने जासूसी विमान भेजने और हर मिनट की तसवीर उतारने का काम जारी रखा।

इन तसवीरों के जरिए यह साबित हुआ कि सोवियत मिसाइलें क्यूबा से हटा ली गई हैं। जब इस मामले में सी.आई.ए. के जरिए एक सटीक संदेश अमेरिकी राष्ट्रपति तक पहुँच गया, तभी उन्होंने राहत की साँस ली।

यदि सोवियत संघ की मिसाइलों का क्यूबा में सफलतापूर्वक परीक्षण हो जाता तो वे अमेरिका के किसी भी शहर को तबाह कर सकती थीं। इस तथ्य ने कि वे ऐसी गंभीर स्थिति से बचने में सफल हुए हैं, सी.आई.ए. को और कड़ी मेहनत करने पर मजबूर कर दिया।

सोवियत संघ, जिसने क्यूबा से अपनी मिसाइलें चलाने की कोशिश की थी, वह किसी निर्जन द्वीप से ऐसी कोशिश कर अमेरिका को धमका सकता था। इस बात की कोई गारंटी नहीं थी कि वह दोबारा ऐसा नहीं करेगा!

इसलिए सी.आई.ए. ने अपनी जासूसी गतिविधियाँ और तेज कर दीं। उन्हें पूरी दुनिया में होनेवाली हर उस गतिविधि की जानकारी हासिल करनी थी, जो अमेरिका के खिलाफ जा सकती थी या दुश्मनों की मदद कर सकती थी।

इस मामले में मित्र या दुश्मन देशों में कोई भेद नहीं था। सी.आई.ए. ने अपने जासूसी विमान हर जगह भेजना और हर चीज की तसवीर उतारना शुरू किया। उन्होंने कई शहरों में सी.आई.ए. के गोपनीय दफ्तर खोले और स्थानीय लोगों को एजेंट बनाया।

गुप्तचरी की दुनिया में इनसानी एजेंटों का सम्मान मशीनों से अधिक होता है; लेकिन इनसानों पर हर परिस्थिति में भरोसा नहीं किया जा

सकता। सी.आई.ए. को पूरी दुनिया की सातों दिन एवं चौबीसों घंटे निगरानी करनी थी। इसके लिए सी.आई.ए. इतने एजेंट कहाँ से लाता?

इस मामले में तकनीक ने सी.आई.ए. की मदद की। उन्होंने अपनी इंटेलिजेंस गतिविधियों के लिए उपग्रहों का इस्तेमाल आरंभ किया।

एक उपग्रह का निर्माण और उसे अंतरिक्ष में भेजना खर्चीला काम था। अमेरिकी सरकार ने सी.आई.ए. के बजट को नियमित अंतराल पर बढ़ाकर उसे इस काम में सक्षम बनाया।

किसी ने भी यह सवाल नहीं उठाया कि दूसरे देशों की जासूसी के लिए इतना पैसा क्यों बरबाद किया जा रहा है? यदि किसी ने सवाल किया भी तो उसे सिर्फ दो शब्दों में जवाब दिया जाता था—राष्ट्रीय सुरक्षा।

पिछली सदी के '70 के दशक के अंत तक अमेरिका ने अपने जासूसी उपग्रहों के बारे में कोई खुलासा नहीं किया। दुश्मन विमानों के जरिए भेजे जानेवाले जासूसों को मार गिरा सकते थे। यदि उपग्रहों का इस्तेमाल हो तो वे क्या कर सकते थे?

शीत युद्ध के चरम काल में अमेरिका और सोवियत संघ दोनों ने एक-दूसरे की जासूसी करने के लिए आधुनिक प्रौद्योगिकी का इस्तेमाल किया। इसके कारण सी.आई.ए. का बजट और ताकत कई गुना बढ़ गई। अमेरिका, सोवियत संघ या अन्य देशों को इसके परिणाम महसूस होने लगे थे।

अपने देश को सुरक्षित रखने के लिए गठित हुई सी.आई.ए., खुद एक सुपर पावर में बदलने लगी थी। जैसे-जैसे उसकी ताकत बढ़ रही थी, उसका मूल लक्ष्य भी किसी और दिशा में मुड़ने लगा था।

मुझे समझाने दें। कल्पना कीजिए कि हमारे घर में एक गार्ड है। हमने उसे निर्देश दे रखा है कि वह किसी को भी हमारे घर में प्रवेश न करने दे। सुरक्षा के लिहाज से हमने उसे एक छड़ी दे रखी है।

वह छड़ी धीरे-धीरे पहले लाठी, फिर पिस्तौल और अंत में ए.के.-

47 में बदल जाती है। घर में हर ओर कैमरे लग जाते हैं। गार्ड के मातहत कुछ और लोग रखे जाते हैं, जिससे उसकी शान बढ़ जाती है।

तो बाद में वह क्या करेगा? हमारे घर को बचाने के लिए वह पड़ोस के घरों में झाँकना शुरू करेगा। वह उन्हें धमकाएगा। यदि उसे उन घरों की गतिविधियाँ पसंद नहीं आएँगी तो वह उसमें दखलंदाजी करेगा और समस्याएँ खड़ी करेगा।

आपको नहीं लगता कि यह दुष्टता है? सी.आई.ए. का विकास इसी तरह का था।

अपने गठन के साथ ही दूसरे देशों के मामलों में हस्तक्षेप करनेवाली सी.आई.ए. ने '70 के दशक में और अधिक शक्ति के साथ काम करना शुरू किया। उसने उपग्रहों की मदद से लगभग हर देश में जासूसों के जाल, आधुनिक उपकरणों, टेलीफोन टेपिंग, चिट्ठियों और अन्य संचार माध्यमों में घुसपैठ के जरिए अपनी निगाहें पूरी दुनिया के हर कोने तक पहुँचा दीं।

सी.आई.ए. का प्राथमिक लक्ष्य यह पता करना था कि अमेरिका के खिलाफ कहीं कुछ हो तो नहीं रहा? लेकिन परोक्ष रूप से उसने हर वह काम किया, जिससे हर व्यक्ति अमेरिका की तरह सोचे, अमेरिकी नीतियों का समर्थन करे और यदि कोई ऐसा करने से इनकार करे तो उसके लिए समस्या खड़ी की जाए।

कई लोगों का मानना है कि अमेरिका और सोवियत संघ के बीच शीत युद्ध की मुख्य वजह सी.आई.ए. थी। हम यह नहीं कह सकते कि यह खबर सच है या नहीं, लेकिन अमेरिका को पूरी दुनिया का 'वाचमैन' बनाने के लिए सी.आई.ए. को ही पूरी तरह जिम्मेदार ठहराया जाना चाहिए।

□

7

राउडी

यह 'चोरी' का एक सामान्य मामला था।

पाँच लोग एक दफ्तर में घुसे और वहाँ से कुछ चुराने की कोशिश की। किंतु वे लोग एक गश्ती सिपाही के द्वारा पकड़ लिये गए।

यहाँ तक कि मामले की सुनवाई करनेवाले जज ने भी इस केस में ज्यादा दिलचस्पी नहीं ली। उसने पूरी सुनवाई को उदासीन भाव से देखा और इस बात की गणना की कि अभियुक्तों को कितने दिन की सजा सुनाई जा सकती है?

लेकिन लोक अभियोजक इस मामले की जाँच को इतनी आसानी से बंद करने के लिए तैयार नहीं था। उसने दावा किया कि इस मामले में कुछ रहस्यपूर्ण है और इसे नजरअंदाज नहीं किया जा सकता।

आखिर, कोई सामान्य चोर कैसा रहस्य छिपा सकता था?

जब उन पाँचों आरोपियों से पूछताछ हुई तो पता चला कि वे सभी क्यूबाई शरणार्थी हैं। वे ऐसे चोर नहीं दिख रहे थे, जो गरीबी के कारण चोरी के पेशे में आ गए हों! उन सभी की जेबों में मोटा माल था।

जब उनके पास पर्याप्त नकदी पहले से ही थी तो उन्हें चोरी का जोखिम उठाने की क्या जरूरत थी? अगर उन्हें चोरी भी करनी थी तो इसके लिए उन्होंने एक राजनीतिक पार्टी के दफ्तर को क्यों चुना? वे

अपने साथ अज्ञात इलेक्ट्रॉनिक उपकरण लेकर क्यों आए थे? पकड़े जाने पर उन्होंने अपनी गलत पहचान क्यों बताई?

जज ने इस मामले में दिलचस्पी लेनी शुरू कर दी। उसने आरोपियों से संदेह के साथ पूछताछ शुरू की।

बहुत जोर देने पर पाँच में से एक ने बात करनी शुरू की, "मैं एक क्यूबाई शरणार्थी हूँ। मैं पहले सी.आई.ए. के लिए सुरक्षा सलाहकार के रूप में काम कर चुका हूँ।"

अब तक चोरी का एक सामान्य मामला लग रहा यह केस अचानक से इतिहास का सबसे सनसनीखेज मामला बन गया, जिसका नाम था—'वाटरगेट कांड'।

सी.आई.ए. ने क्यूबा में जो संदेहास्पद गतिविधियाँ की थीं, उसकी जानकारी सभी को थी। उसके साथ जुड़े पाँच क्यूबाई शरणार्थी उस समय अमेरिकी राजनीति में मुख्य विपक्षी पार्टी डेमोक्रेट्स के दफ्तर में संदेहास्पद गतिविधियाँ करते पकड़े गए थे।

यह अमेरिका में चुनाव का समय था। राष्ट्रपति रिचर्ड निक्सन अपनी कुरसी बचाने के लिए कड़ी मेहनत कर रहे थे।

इन सभी बिंदुओं को जोड़कर अमेरिकी जनता को समझ आ गया कि उस रात वाटरगेट होटल परिसर में क्या हुआ था!

जब अमेरिकी जनता को यह आभास हुआ कि उनकी इंटेलिजेंस एजेंसी सिर्फ दूसरों की ही नहीं, बल्कि अपने लोगों की भी जासूसी कर रही है, तो वह सदमे में आ गई। वह इस धोखे को बरदाश्त नहीं कर सकती थी।

'वाटरगेट कांड' के कारण जो व्यक्ति सबसे अधिक प्रभावित हुआ, वह थे राष्ट्रपति निक्सन। उन्हें बहुत ही शर्मनाक तरीके से इस्तीफा देने के लिए मजबूर किया गया।

लेकिन अमेरिकी इससे ही संतुष्ट नहीं हुए। निक्सन एक राजनेता थे। उनसे इससे बेहतर की उम्मीद नहीं की जा सकती थी। इंटेलिजेंस एजेंसियों के साथ क्या हुआ?

अमेरिका में घरेलू मामले सँभालने के लिए एफ.बी.आई. और विदेशी मामले सँभालने के लिए सी.आई.ए. है। हालाँकि, दोनों की सीमाएँ पारस्परिक रूप से बँटी हुई हैं, फिर भी उनके बीच ताकत की होड़ को टालना नामुमकिन है।

अमेरिकियों की जासूसी करने के मामले में दोनों ने हाथ मिला रखा था। उन्होंने इसके लिए कई तरीके अपनाए। उनमें से कुछ तरीके मानवता के खिलाफ और गैर-कानूनी थे।

'वाटरगेट कांड' ने कई चौंकानेवाली जानकारियाँ दुनिया के सामने ला दीं। पहली बार अमेरिकियों ने अपनी ही इंटेलिजेंस एजेंसियों की ओर खीज भरी निगाहों से देखना आरंभ किया।

आखिर, अमेरिका को सुरक्षित रखने के नाम पर वास्तव में वे क्या कर रहे थे? वे विदेशी राष्ट्रों में समस्याएँ खड़ी कर रहे थे। वे आतंकवादियों को धन व हथियार पहुँचा रहे थे। सरकारों का विरोध कर वे तख्ता-पलट कर रहे थे या फिर वे उन विरोधी नेताओं की हत्याएँ कर रहे थे? क्या वे सही कर रहे थे?

यदि कोई और सी.आई.ए. से यह सवाल पूछता तो वे उसकी बात हँसी में उड़ा देते, मगर अब ये सवाल उनके अपने लोग पूछ रहे थे। वे अमेरिकियों के टैक्स के पैसे खर्च कर रहे थे, इसलिए उनके सवालों का जवाब देना उनकी जिम्मेदारी बनती थी।

उनकी गतिविधियों में कुछ भी सही नहीं था। इसलिए उन्होंने चुप्पी साध ली। उनके साझेदार एफ.बी.आई. ने भी यही रवैया अपनाया।

यदि वे चुप्पी तोड़ते भी तो क्या बोलते? वे शायद वही पुराना राग अलापते—'राष्ट्रीय सुरक्षा'; लेकिन इस बार कोई भी उनकी इस बात पर भरोसा नहीं करनेवाला था।

'वाटरगेट कांड' के बाद सी.आई.ए. की गतिविधियों पर फोकस केंद्रित हो गया था। लोग अब उनकी हरकतों पर पैनी निगाह रखने लगे थे। पत्रिकाओं ने पहली बार उनकी हरकतों की आलोचना आरंभ की थी।

एक ओर जहाँ सी.आई.ए. इस सोच में थी कि छवि सुधारने के लिए क्या किया जाए, किसी ने कुछ अलग सोचा!

उसका नाम विलियम ई. कोल्बी था। वह सी.आई.ए. के एक्शन डिपार्टमेंट का वाइस प्रेसिडेंट था। उसने कहा कि यह सी.आई.ए. के लिए आत्म-अवलोकन का समय है।

उसने कहा, "इस मामले को भावनात्मक रूप देने का कोई लाभ नहीं है। एक गलती हुई है। यदि ऐसा नहीं होता तो इतने सारे लोग हमारे विरोध में नहीं खड़े होते! इसलिए इसके बारे में सोचते हैं और यदि हमने गलती की है तो उसे सुधारने की कोशिश करते हैं।"

यदि उसने किसी और परिस्थिति में यह बात कही होती तो सी.आई.ए. ने उसे बरखास्तगी का आदेश देकर बाहर का रास्ता दिखा दिया होता, मगर इस समय उन्हें महसूस हुआ कि उसकी बात में सच्चाई है।

इसलिए सी.आई.ए. के निदेशक जेम्स आर. श्लेसिंगर ने कोल्बी के विचार को मंजूर कर लिया। उन्होंने अपने वरिष्ठ अधिकारियों की बैठक बुलाई और मामले पर विस्तार से चर्चा की।

"दोस्तो, हो सकता है कि देश की सुरक्षा के लिए काम करते हुए हमने कुछ गलतियाँ की हों या शायद हमने दूसरों की गलतियों के बारे में सुना हो।

"हमने अब तक इन सभी को छिपाकर रखा। अब, बाहरवालों को हमारी सारी गलतियों के बारे में पता चल गया है और वे हमें शर्मिंदा कर रहे हैं। हमें दूसरों की जासूसी करनी है। यदि लोग हमारी जासूसी करने लगें तो यह हमारे लिए शर्म की बात है, इसलिए यह जरूरी है कि हम इस मामले में किसी निर्णय पर पहुँचें।

"सी.आई.ए. का गठन एक खास उद्‍देश्य से हुआ था। हमें संविधान के कुछ नियमों के अनुसार कार्य करना होता है। लेकिन क्या वास्तव में हम उन नियमों के अनुरूप कार्य कर रहे हैं? या हम अपनी

मन-मरजी से काम कर रहे हैं? कहाँ और कब हम सी.आई.ए. के मूल लक्ष्य से भटक गए? कब हम कानूनी सीमा पार कर गए? हमें यह सब दर्ज करना है और रिकॉर्ड पर लाना है। इस मुद्दे पर शर्मिंदा होने या डरने की आवश्यकता नहीं है। यदि हम अपनी गलतियों के बारे में जानेंगे तो हम उन्हें सुधार सकते हैं।"

जब सी.आई.ए. के निदेशक ने ये बातें कहीं तो दूसरे अधिकारियों ने भी अपनी बात रखनी शुरू की। उन्होंने एक विस्तृत सूची बनाई, जिसमें उनके हिसाब से सी.आई.ए. के द्वारा अपनाए गए तरीके गलत थे या उसका पूरा ऑपरेशन ही गलत था।

जब सी.आई.ए. के एजेंटों द्वारा इस मामले में दर्ज की गई शिकायतों को इकट्ठा किया गया तो 700 पन्ने पूरे हो गए। कोल्बी ने इस गोपनीय दस्तावेज को 'फैमिली ज्वेल्स' नाम दिया।

इस समय तक सी.आई.ए. के निदेशक ने इस्तीफा दे दिया था। विलियम कोल्बी को नया निदेशक नियुक्त किया गया था। पद सँभालने के बाद जो पहला संकट उनके सामने आया, वो यह था कि 'फैमिली ज्वेल्स' का क्या किया जाए?

खुद कोल्बी को इसका अहसास नहीं था कि सी.आई.ए. की गतिविधियों से संबंधित इतनी समस्याएँ, शिकायतें और कानून के उल्लंघन के मामले सामने आएँगे! उन्होंने इस सूची को पूरी तरह पढ़ा और गड़बड़ियों की तादाद देखकर चकित रह गए।

इसके बावजूद उन्होंने इस ज्ञानकोश आकार के शिकायती दस्तावेज को नकारात्मक चीज मानने से इनकार कर दिया। सी.आई.ए. लंबे समय से मन-मरजी से काम कर रही थी और कोल्बी को लग रहा था कि आत्म-विश्लेषण करना संगठन के लिए जरूरी है। यदि इसके बाद सी.आई.ए. की गतिविधियाँ बेहतर होती हैं तो यह उनके लिए लाभदायक होगा।

इसलिए विलियम कोल्बी 'फैमिली ज्वेल्स' को लेकर अमेरिकी

सरकार के पास गए, "सर/मैडम, हमने सी.आई.ए. के अंदर की समस्याओं की सूची खुद तैयार की है। कृपया इस पर नजर डालें और जरूरी कदम उठाएँ।"

अमेरिकी सरकार कोल्बी की सूची देखकर आश्चर्य से ज्यादा सदमे में आ गई। इसकी वजह यह थी कि सूची की अधिकांश गतिविधियाँ उनकी स्वीकृति और आशीर्वाद से अंजाम दी गई थीं! यदि यह सूचना लीक हो जाती तो वे भी इस आँच में झुलस जाते।

इससे भी बढ़कर, यदि वे इन गतिविधियों के लिए सी.आई.ए. पर काररवाई करते तो अमेरिका दुनिया की रक्षा कैसे कर सकता था? क्या जासूसी इतना आसान काम है? कुछ उल्लंघनों की कोई भी कैसे निंदा कर सकता है?

लंबे विचार-विमर्श के बाद अमेरिका ने इस मसले पर कोई कदम नहीं उठाने का फैसला लिया। उन्होंने कोल्बी और उसकी सूची को पूरी तरह उपेक्षित कर दिया।

मगर यह खबर लीक हो गई। 'न्यूयॉर्क टाइम्स' के सैमूर हर्ष को इस मामले की सूँघ लग गई।

उन्होंने कोल्बी से सीधे पूछा, "क्या यह सच है कि सी.आई.ए. ने ऐसी कोई सूची बनाई है?"

कोल्बी ने इस सवाल का नकारात्मक जवाब देने की कोशिश की और यह एक बहुत बड़ा घोटाला बन गया।

22 दिसंबर, 1974 को 'न्यूयॉर्क टाइम्स' में इस बारे में एक विस्तृत आलेख प्रकाशित हुआ। सी.आई.ए. की विदेशी गतिविधियाँ और अमेरिकी नागरिकों की जासूसी जैसे मुद्दे उसमें से गायब थे।

इसके बावजूद 'वाटरगेट कांड' से सी.आई.ए. की छवि को जो धक्का लगा था, उसमें इस आलेख ने आग में घी का काम किया।

सीनेटर फ्रैंक चर्च के नेतृत्व में एक जाँच समीति का गठन किया गया। उसे 'चर्च कमेटी' नाम दिया गया। उसने अमेरिकी इंटेलिजेंस

एजेंसियों की गतिविधियों तथा उनके द्वारा किए गए उल्लंघनों की विस्तार से जाँच की।

'चर्च कमेटी' ने अपनी रिपोर्ट श्रृंखलाबद्ध रूप से पेश की। अमेरिकी इंटेलिजेंस एजेंटों की गड़बड़ियों और उन्हें ठीक करने की सिफारिशों पर रिपोर्ट में विस्तार से चर्चा की गई।

'70 के दशक के मध्य में 'चर्च कमेटी' की जाँच के दौरान सी.आई.ए. द्वारा विदेशी नेताओं की हत्या के प्रयासों का खुलासा हुआ। लोग इससे स्तब्ध थे और इसकी वजह नहीं समझ पा रहे थे कि एक एजेंसी, जिसका गठन सिर्फ सूचनाएँ जुटाने के लिए हुआ था, वह दूसरों की हत्या जैसे कार्य में क्यों संलिप्त थी? जब लोगों को इन हत्याओं के लिए इस्तेमाल किए गए तरीकों के बारे में पता चला तो उनकी स्तब्धता अवमानना में बदल गई।

सी.आई.ए. के अलावा अमेरिका को भी इससे शर्मिंदगी उठानी पड़ी। खुद अमेरिकी माँग कर रहे थे कि ये सब बंद किया जाए।

आखिरकार, अमेरिकी सरकार ने एक विशेष आदेश जारी किया। इसके तहत विदेशी नेताओं के खिलाफ उठाए जानेवाले ऐसे किसी भी कदम को पूरी तरह प्रतिबंधित कर दिया गया।

यह मामला यहीं समाप्त नहीं हुआ। अमेरिकी लोगों की जासूसी का आरोप सी.आई.ए. के खिलाफ पूरी तरह सच साबित हुआ था। वे दूसरों के पत्र पढ़ने, निर्दोष अमेरिकियों का पीछा करने और उनके बारे में सूचनाएँ इकट्ठा करने तथा ऐसी कई अन्य गतिविधियों में लिप्त पाए गए थे।

जब सी.आई.ए. से इन गतिविधियों की वजह पूछी गई तो उसने जवाब दिया कि उसे उन लोगों पर विदेशी जासूस होने का शक था और इसलिए उनके खिलाफ निगरानी के निर्देश दिए गए थे। मगर 'चर्च कमेटी' ने अपनी रिपोर्ट में उनके इन सभी कदमों को अनुचित और अनैतिक करार दिया।

सी.आई.ए. द्वारा अमेरिका से बाहर भी कई तरह के उल्लंघन का पता चला। वे अपराधियों और जिन पर अपराधी होने का शक होता, उनसे सच उगलवाने के लिए उन्हें ड्रग्स दिया करते थे। वे दुनिया को पता चले बिना कई लोगों को पकड़कर यातनाएँ दिया करते थे। अपनी कई गतिविधियों के लिए सी.आई.ए. ने माफिया गिरोहों तक का इस्तेमाल किया। उनके अपराध की सूची बहुत लंबी थी।

'चर्च कमेटी' ने सी.आई.ए. की तुलना 'जंगली हाथी' से की, जो बेकाबू हो गया है। कमेटी ने सिफारिश की कि सी.आई.ए. की ताकत कम की जाए और उसे स्वतंत्र रूप से कार्य नहीं करने दिया जाए।

गुप्त रूप से बनाई गई 'चर्च कमेटी' की रिपोर्ट और 'फैमिली ज्वेल्स' के अधिकांश दस्तावेज अब जनता के सामने सार्वजनिक हो चुके हैं। उस समय अमेरिकियों को बस इतना ही पता चला था कि सी.आई.ए. की ताकत को नियंत्रित किया गया है।

'चर्च कमेटी' ने सी.आई.ए. की कई इंटेलिजेंस गतिविधियों को प्रतिबंधित कर दिया या उनमें बदलाव किया। यह भी स्पष्ट घोषणा की गई कि दूसरों पर इतने सघन जासूसी अभियान चलाने की आवश्यकता नहीं है। यह विशेष रूप से उल्लेख किया गया कि अमेरिकियों की निजी जिंदगी में कोई दखलंदाजी नहीं की जाएगी।

सी.आई.ए. जैसी ताकतवर संस्था का अपनी मन-मरजी से काम करना स्तब्ध करनेवाला था; लेकिन इसे करीब से देखने पर हम समझ सकते हैं कि यदि ऐसा उस समय नहीं होता तो भविष्य में तो ऐसा होना ही था!

सी.आई.ए. के कई अधिकारी आरोपों से अपमानित महसूस कर रहे थे। उनका कहना था, "हम यह नहीं कह रहे हैं कि हम निर्दोष हैं। हमने कुछ भूलें की हैं; लेकिन हमने ऐसा सरकार की मंजूरी से किया है।"

उन्होंने दावा किया कि इस तरह की गतिविधियों के बगैर कोई भी इंटेलिजेंस एजेंसी काम नहीं कर सकती। राष्ट्रीय सुरक्षा एक गंभीर विषय है। इससे कोई भी समझौता नहीं किया जा सकता। अपराधियों से मान–मनौवल वाली भाषा में बात नहीं हो सकती। उनसे तो सख्ती से ही निबटा जा सकता है।

उन अधिकारियों को भय था कि अमेरिका के दुश्मनों की पहचान करने के लिए अमेरिकी सरकार ने सी.आई.ए. पर जो भरोसा जता रखा है और उसे जो अधिकार दिए हैं, वे सब छीने जा सकते हैं।

दूसरी चिंता यह थी कि 'चर्च कमेटी' ने अभी जिन उल्लंघनों का खुलासा किया था, उनमें से अधिकांश सात या आठ साल पुराने थे। सी.आई.ए. ने स्वयं उनके बारे में पता कर सुधार के कदम उठाए थे।

उनकी सबसे बड़ी आशंका यह थी कि पुराने मामलों को उछालकर सी.आई.ए. को शर्मिंदा किया जा रहा था। उन पर 'गुंडा' होने की छाप लगाई जा रही थी, जिससे वे अपमानित महसूस कर रहे थे।

अमेरिकी सरकार ने सी.आई.ए. में भर रही इस बेचैनी की परवाह नहीं की। उसने सिर्फ जनता को खुश करने के लिए इंटेलिजेंस एजेंसियों को नियंत्रित करने पर ध्यान केंद्रित किया।

'70 के दशक के अंत की शुरुआत के साथ सी.आई.ए. की ताकत में क्रमिक कटौती शुरू हुई। उन्हें दिए जानेवाले भारी–भरकम बजट में बड़ी कमी की गई। कई एजेंटों को हटा दिया गया। बचे हुए एजेंटों की कारगुजारियों पर भी कड़ी निगरानी रखी जाने लगी।

सी.आई.ए. पर नकेल कसे जाने से कई लोग खुश हुए; लेकिन कई लोगों ने चेताया, "ऐसा करने की जरूरत नहीं है। यदि भविष्य में पर्ल हार्बर हमले जैसा कुछ हुआ तो जिम्मेदारी कौन लेगा ?"

उनकी चेतावनी अंत में सत्य साबित हुई। सी.आई.ए. पर नकेल

कसे जाने के 20 साल के अंदर अमेरिका के कई ताकतवर दुश्मन पैदा हो गए। वे अमेरिका पर हमले के लिए तैयार थे।

उनमें से कई अमेरिका द्वारा ही पाले-पोसे गए थे, खासकर सी.आई.ए. द्वारा।

□

8

गोपनीय, अति गोपनीय

इंटेलिजेंस एजेंसी का नाम सुनते ही हमारे मन में जो छवि उभरती है, वास्तविकता उससे पूरी तरह अलग होती है—भेस बदले हुए एजेंट, उनके हाथों और बैग में कई जासूसी उपकरण, होल्स्टर में बंदूक, अँधेरे या बरसात में किसी का पीछा करते तीखी निगाहवाले एजेंट, सिर्फ तिलचट्टों के छिप पाने जैसी जगहों में छिपे बग्स लगाना, गोपनीय दस्तावेजों की फोटोकॉपी उतारने और वायरलेस रेडियो से संकेतों का आदान-प्रदान करना।

सी.आई.ए. भी यह सब करती है, मगर उनका असली काम इन सबके बाद शुरू होता है।

सन् 1947 में जब सी.आई.ए. का गठन हुआ था, तब यह कोई बड़ा नेटवर्क नहीं था। इसने वाशिंगटन में किराए के एक भवन में अन्य सरकारी विभागों की तरह ही काम करना आरंभ किया था।

विश्व युद्ध समाप्त होने के बाद ही वे एक बड़े दफ्तर में स्थानांतरित हो सके। हालाँकि, तब भी एक अनिवार्यता यह थी कि उनका दफ्तर व्हाइट हाउस के करीब ही होना चाहिए।

वजह यह थी कि अमेरिका के राष्ट्रपति सी.आई.ए. के बड़े 'ग्राहक' थे। सी.आई.ए. का प्राथमिक कार्य राष्ट्रपति के लिए सूचनाएँ जुटाना ही था।

उन सूचनाओं में सबकुछ शामिल था—इस्लामाबाद में बारिश, नई दिल्ली में धूल भरी आँधी, जॉर्डन में जुलूस से लेकर दूसरे देशों में सामाजिक बदलाव, सैन्य गतिविधियाँ और वैज्ञानिक उपलब्धियाँ तक।

सी.आई.ए. के आरंभिक दिनों में उसकी रिपोर्ट को 'नेशनल इंटेलिजेंस डेली' कहा जाता था। यह दैनिक रिपोर्ट अमेरिकी सरकार में महत्त्वपूर्ण पदों को सँभालने वाले करीब 250 अधिकारियों को दी जाती थी।

यह रिपोर्ट एक अखबार की तरह होती थी, मगर बेहद गोपनीय अखबार। इसमें दी गई जानकारी सी.आई.ए. के अतिरिक्त और किसी के पास नहीं होती थी।

जब केनेडी राष्ट्रपति बने, तब इस दिनचर्या में छोटा सा बदलाव हुआ। उन्हें 'नेशनल इंटेलिजेंस डेली' तक हर किसी की पहुँच होना पसंद नहीं आया।

यदि हर गोपनीय सूचना तक हर किसी की पहुँच होगी तो भला राष्ट्रपति पद की इज्जत कौन करेगा! यदि गोपनीय सूचनाओं की जानकारी सिर्फ उसी को होगी, तभी उसके प्रति लोगों में आदर रहेगा।

केनेडी ने सी.आई.ए. को निर्देश दिया कि दैनिक रिपोर्ट सिर्फ उनके सामने पेश की जाए। यह रिपोर्ट अपेक्षाकृत संक्षिप्त होती थी, जिसमें सिर्फ उन बातों की जानकारी होती थी, जो राष्ट्रपति जानना चाहते थे।

इस दैनिक रिपोर्ट को 'प्रेसिडेंट्स डेली ब्रीफ' (पी.डी.बी.) नाम दिया गया।

आठ से दस पन्नों वाला पी.डी.बी. अमेरिका के सबसे गोपनीय दस्तावेजों में एक था। सी.आई.ए. में राष्ट्रपति के सामने यह रिपोर्ट पेश करने के लिए एक अलग टीम का गठन किया गया।

हर सुबह अमेरिकी राष्ट्रपतियों का पहला काम पी.डी.बी. पर निगाह डालना था। यदि वे शहर से बाहर हों, तब भी पी.डी.बी. को एक सुरक्षित फैक्स के जरिए उनके पास भेजा जाता था।

पहले राष्ट्रपति के पास भेजी जानेवाली यह रिपोर्ट बाद में कुछ अन्य महत्त्वपूर्ण लोगों को भेजी जाती थी। इसका फैसला राष्ट्रपति करते थे कि किन अधिकारियों को यह रिपोर्ट देखनी है!

राष्ट्रपति रिपोर्ट के आधार पर कई सैन्य निर्णय करते थे, जिसे 'बुक' कहा जाता था। यह सी.आई.ए. की जिम्मेदारी थी कि रिपोर्ट में अंतिम क्षण तक आई जानकारी को समाहित करे।

इसलिए, रात में तैयार होनेवाली पी.डी.बी. को सुबह के समय अपडेट किया जाता था और उसमें रात में प्राप्त हुई सभी सूचनाओं को शामिल किया जाता था। नई जानकारियों, तसवीरों एवं विचार-विमर्श को उसमें जगह दी जाती और फिर प्रिंट किया जाता।

जब जॉर्ज बुश ने सन् 1989 में अमेरिका के राष्ट्रपति का पद सँभाला तो पी.डी.बी. का महत्त्व बढ़ गया। इसके पीछे वजह यह थी कि बुश राजनीति में आने से पहले सी.आई.ए. के निदेशक रह चुके थे।

इसलिए वे इस बात को जानते थे कि इंटेलिजेंस विभाग का बेहतरीन इस्तेमाल कैसे किया जा सकता है! बुश पी.डी.बी. को तैयार करने और उनके पास लानेवाले अधिकारियों को उसे अपने-सामने पढ़ने के लिए कहते।

सिर्फ रिपोर्ट तैयार करना ही पर्याप्त नहीं था, बल्कि उसमें दर्ज घटनाओं की पृष्ठभूमि और अतिरिक्त जानकारी को भी उनके सामने रखा जाता। राष्ट्रपति के मन में उठी किसी शंका का समाधान भी तत्काल किया जाना होता था।

पी.डी.बी. को पढ़ते समय राष्ट्रपति अतिरिक्त जानकारी माँग सकते थे। यदि उस समय सी.आई.ए. के पास वह जानकारी न हो तो अगले दिन की रिपोर्ट से पहले उसे वह जानकारी किसी भी तरह जुटाकर उस रिपोर्ट में लगानी होती थी। ऐसा नहीं होने पर संबंधित अधिकारी को बुरे परिणाम भुगतने होते थे।

कभी-कभी पूछे गए सवाल के महत्त्व को देखते हुए वह जानकारी

हाथ-के-हाथ जुटानी होती थी। इसलिए राष्ट्रपति के निवास के बगल में सी.आई.ए. का कार्यालय बनाए रखने का नियम स्थायी बन गया।

पी.डी.बी. में दी गई जानकारी ही नहीं, बल्कि उस जानकारी के स्रोत को भी पूरी तरह गोपनीय रखा जाता था। यदि स्रोत के बारे में जानकारी लीक हो जाए तो संबंधित व्यक्ति की जान खतरे में पड़ सकती थी। इसलिए कानूनन सी.आई.ए. स्रोत की जानकारी नहीं दे सकती थी।

सी.आई.ए. के कार्यालय दुनिया के सौ से अधिक देशों में कार्यरत हैं और इसमें सिर्फ अमेरिका के दुश्मन देश ही नहीं हैं, बल्कि मित्र देश भी शामिल हैं।

कारण साफ है। राजनीति की तरह यहाँ भी कोई दुश्मनी या दोस्ती स्थायी नहीं है। एक लोकप्रिय उदाहरण इराक है। इराक-ईरान युद्ध के दौरान इराक अमेरिका का दोस्त था, मगर बाद में दुश्मन बन गया।

इसलिए अमेरिका अपने मित्र और शत्रु दोनों देशों में जासूसी की गतिविधियाँ चलाता रहता है। वह गुटनिरपेक्ष देशों को भी नहीं बख्शता।

सी.आई.ए. अपने ऑफिसों को 'स्टेशन' कहती है। जिन देशों में सी.आई.ए. के स्टेशन चल रहे हैं, उनमें से कई का तो शायद हमने नाम भी नहीं सुना होगा; लेकिन अमेरिका को उन देशों में चल रही गतिविधियों पर भी निगाह रखने की जरूरत होती है।

इन दफ्तरों पर चमकते अक्षरों में 'सी.आई.ए.' नहीं लिखा होता। अधिकांश देशों में तो एक या दो लोग ही इन स्टेशनों को चलाते हैं। कुछ देशों में बीस या तीस लोगों का बड़ा नेटवर्क काम करता है।

एक अधिकारी इस टीम का इंचार्ज होता है। उसे 'चीफ ऑफ स्टेशन' (सी.ओ.एस.) कहा जाता है। देश से संबंधित हर सूचना जुटाना उसी की जिम्मेदारी होती है।

सी.ओ.एस. कुछ अधिकारियों को काम सौंपता है। छोटे देशों में उसे खुद मैदान में उतरना पड़ सकता है।

ये अधिकारी वे एजेंट होते हैं, जो अमेरिका की मदद करते हैं। वे

अपनी जरूरत के अनुसार सक्षम जासूसों की तलाश करते हैं। एजेंटों द्वारा जुटाई गई जानकारी की पुष्टि करना और उसे मुख्यालय भेजना सी.ओ.एस. की जिम्मेदारी होती है।

सी.आई.ए. का महत्त्वपूर्ण नेटवर्क मुख्यत: दूसरे देशों में है, लेकिन कई बार वह देश के अंदर भी काम करती है।

कानून के अनुसार, सी.आई.ए. को अमेरिका के अंदर सूचनाएँ नहीं जुटानी चाहिए। यहाँ तक कि यदि उन्हें किसी अमेरिकी नागरिक से भी पूछताछ करने की जरूरत है तो किसी तरह के छिपे सवाल नहीं पूछे जा सकते। उन्हें स्वयं को सी.आई.ए. की स्पष्ट पहचान के साथ खुद को पेश कर सीधे सवाल करना होता है। वे अमेरिकी नागरिक की जानकारी में आए बिना उनकी जासूसी नहीं कर सकते।

लेकिन अमेरिका की यात्रा करनेवाले राजनेताओं, वैज्ञानिकों और अधिकारियों की बात अलग है। सी.आई.ए. अपने फायदे के लिए विदेशों में जासूसी के लिए उनका इस्तेमाल करती है।

इस काम के लिए सी.आई.ए. को सालाना बहुत बड़ा बजट दिया जाता है। अमेरिका के फायदेवाली सूचनाएँ लेकर आनेवाले लोगों को तगड़ा पैसा तथा अन्य लाभ दिए जाते हैं। उनके बारे में सारी जानकारी भी पूरी तरह गोपनीय रखी जाती है।

वे अखबार में यह विज्ञापन नहीं छपवा सकते—'भरोसेमंद जासूसों की जरूरत है'। उन्हें तो खुर्दबीन से ऐसे जासूसों की तलाश करनी होती है।

यदि कोई अमेरिकी नागरिक कारोबार अथवा मजे के लिए किसी दूसरे देश की यात्रा करता है, तो लौटकर आने के बाद सी.आई.ए. का एक अधिकारी उससे मिलता है और दूसरे देश में उसने क्या देखा या किन लोगों से मिला, इस बारे में पूरी जानकारी खोद-खोदकर पूछता है और सावधानीपूर्वक नोट करता है।

लेकिन सी.आई.ए. के लिए इतना ही पर्याप्त नहीं है। उनके देश में

मौजूद दूसरे देशों के दूतावासों में क्या चल रहा है और यह दूतावास अपने देश में क्या सूचनाएँ भेज रहे हैं, सी.आई.ए. को यह सब जानना होता है।

इसलिए वे देश के अंदर भी जासूस तलाशते हैं।

इसके लिए सी.आई.ए. का पहला शिकार वे विदेशी होते हैं, जो अमेरिका आए होते हैं। इनमें से कौन अमेरिकी जीवन-शैली को बहुत पसंद कर रहा है? उनमें से कौन यहाँ की शानो-शौकत का आदी हो गया है?

अमेरिकी जीवन-शैली मौज-मेले से भरी है; लेकिन उसका पूरा मजा लेने के लिए पैसे की जरूरत पड़ती है। सी.आई.ए. का पहला शिकार ऐसे लोग होते हैं, जो इस चकाचौंध को देखकर बस आहें भरते हैं।

दूसरा शिकार ऐसे लोग होते हैं, जो अपने देश के शासकों से खुश नहीं होते। सी.आई.ए. उनसे बड़े प्यार से बात करके उन्हें अपने घेरे में ले लेती है।

सी.आई.ए. आज भी ऐसे लोगों की तलाश में है, जो उसके लिए काम कर सकें। सी.आई.ए. के एजेंट ऐसी कॉन्फ्रेंस या पार्टियों में शामिल होते हैं, जहाँ विदेशी नागरिक बड़ी संख्या में आते हैं। कई बार तो वे स्वयं भी अपना काम निकालने के लिए ऐसे विदेशियों के लिए वीजा की व्यवस्था कर देते हैं।

दुर्लभ मौकों पर ही सी.आई.ए. लोगों को ब्लैकमेल करती है। इसके अधिकांश अधिकारियों का मानना है कि किसी व्यक्ति को धमकी देकर अपने अनुरूप काम करवाना अधिकांश मौकों पर काम नहीं आता।

वे 'भविष्य के जासूस' के रूप में चिह्नित किए गए लोगों को कोई नियुक्ति-पत्र नहीं जारी करते थे, बल्कि वे कई सप्ताहों या महीनों तक उन लोगों की गतिविधियों की निगरानी करते थे।

वह व्यक्ति कौन है? जीवन-यापन के लिए क्या करता है? उसके शौक क्या हैं? उसकी निजी या पारिवारिक परेशानियाँ क्या हैं? उसकी

तात्कालिक जरूरतें क्या हैं? उसे आकर्षित करने के लिए क्या करना चाहिए?

यदि निगरानी में रखा गया व्यक्ति संगीत पसंद करता है तो उसके पीछे लगे सी.आई.ए. के एजेंट संगीत की कम-से-कम मौलिक जानकारी जरूर हासिल कर लेते थे। यदि उसे मछली पकड़ने का शौक हो तो एजेंट को उसके साथ घंटों मछली पकड़ने वाला काँटा पानी में डाले इंतजार करना पड़ सकता है।

उस व्यक्ति से नियमित संपर्क स्थापित होने के बाद ही व्यक्तिगत बातचीत की जाती है। वे उसके साथ पहले सामान्य सामाजिक बातचीत से शुरुआत करते हैं और फिर असली मुद्दे पर आते हैं।

क्या तुम्हें पैसे की जरूरत है? हम तुम्हें डॉलर में मुँहमाँगी रकम दे सकते हैं! तुम यहाँ बसना चाहते हो? इमिग्रेशन तुम्हारा इंतजार कर रहा है। तुम बीमार हो? हम तुम्हारे आधुनिकतम इलाज की व्यवस्था करेंगे। क्या तुमने कुछ गलत किया है? कोई बात नहीं, हम तुम्हारा पूरा अतीत मिटा देंगे!

सी.आई.ए. के अधिकारी यह जानने में एक्सपर्ट होते हैं कि किसी व्यक्ति की जरूरत क्या है, और वे उसकी जरूरत के अनुसार उसे लुभाते हैं। क्या दुनिया में कोई ऐसा जीवित व्यक्ति है, जिसकी कोई कमजोरी नहीं है? सी.आई.ए. अधिकारी उस कमजोरी का पता लगाकर उसका इस्तेमाल करते हैं।

सी.आई.ए. द्वारा चुने गए अधिकांश लोग उसके लिए स्वेच्छा से काम करने की इच्छा जता देते हैं; लेकिन कुछ ऐसे भी होते हैं, जो अपने देश से गद्दारी करने से मना कर देते हैं।

सी.आई.ए. ऐसे इनकारों की परवाह नहीं करती। यदि इससे वे शर्मिंदा होने लगें तो इंटेलिजेंस एजेंसी चला ही नहीं सकते।

ऐसे सभी जासूस, जो सी.आई.ए. के लिए काम करने को तैयार होते हैं, उन्हें मासिक वेतन मिलता है। इसके अलावा जब भी वे अपने

सी.आई.ए. अधिकारी को कोई सूचना देते हैं तो उन्हें बोनस का भुगतान किया जाता है।

वेतन और बोनस कोई तय राशि नहीं होती है। यह जासूस की अर्हता/उसकी वर्तमान स्थिति/उसके द्वारा दी गई सूचना तथा अन्य बातों पर निर्भर करती है।

विदेशी जासूसों को परखने के लिए सी.आई.ए. में एक तय प्रक्रिया होती है। वे उनसे ऐसे सवाल पूछते हैं, जिनके जवाब उन्हें पहले से ही मालूम होते हैं। संबंधित व्यक्ति द्वारा दिए गए जवाब के अनुसार ही उसे काम सौंपा जाता है।

परखने के बाद जब वे जासूस पर भरोसा कर लेते हैं, तब उस जासूस के लिए एक सी.आई.ए. अधिकारी निर्धारित कर दिया जाता है। इसके बाद उस जासूस द्वारा जुटाई गई हर जानकारी उस निर्धारित अधिकारी के माध्यम से ही सी.आई.ए. मुख्यालय में पहुँचती है।

जिन देशों में सी.आई.ए. अपनी गतिविधियाँ चलाती है, वहाँ उसने उन जासूसों और उसके अधिकारी की बैठकों के उद्‌देश्य से ही कई मकान किराए पर ले रखे होते हैं। उनके बीच की सारी बातचीत बिना उनकी जानकारी के रिकॉर्ड की जाती है।

कहानी के रूप में पढ़ने पर यह दिलचस्प लग सकता है, लेकिन किसी विदेशी धरती पर बैठकर उनकी जासूसी करना आसान काम नहीं है। यदि पकड़े गए तो उनकी जिंदगी समाप्त हो सकती है।

इसलिए सी.आई.ए. विदेशों में काम कर रहे अधिकारियों के लिए एक 'कोलगेट' सुरक्षा घेरे का प्रबंध करती है।

उनमें से अधिकांश अधिकारी संबंधित देश के अमेरिकी दूतावास में काम कर रहे होते हैं। कुछ को नया नाम और अहानिकर पहचान भी दी जाती है। अधिकारी उन फर्जी पहचानों के पीछे छिपकर अपने गोपनीय मिशन को अंजाम देते हैं।

अपने स्थानीय जासूसों से मिलने के लिए उन्हें हर बार एक विश्वास

करने योग्य कहानी बुननी पड़ती है। यदि वे पकड़े गए तो बचाव के लिए उन्हें संबंधित लोकेशन पर अपनी मौजूदगी के लिए एक विश्वसनीय वजह पहले से तैयार रखनी होती है।

हालाँकि, बेहद सावधानी बरतने के बाद भी कभी-कभार सी.आई.ए. के अधिकारी स्थानीय पुलिस या खुफिया अफसरों द्वारा पकड़े जा सकते हैं। ऐसी परिस्थितियों में हालात को बेहद सावधानी से सँभाला जाता है।

ऐसे अमेरिकी, जो अपने दूतावास के कर्मचारी होने के आवरण में छिपे होते हैं, वे तो ऐसी हालत में आसानी से बच निकलते हैं। कुछ मामलों में उन्हें छुड़ाने के बदले में कुछ समझौते करने होते हैं। उदाहरण के तौर पर, अमेरिका में पकड़े गए जासूसों को उनके बदले में छोड़ा जाता है।

इन अधिकारियों के मुकाबले स्थानीय जासूस, जिन्हें 'एजेंट्स' कहा जाता है, ज्यादा खतरे का सामना करते हैं। यदि सूचना जुटाते समय वे पकड़े गए तो अमेरिका उनकी कोई मदद नहीं करता और न ही उन्हें स्थानीय स्तर पर कोई मदद मिलती है।

कई तरह के जोखिमों के बावजूद पूरी दुनिया में स्थानीय लोग अपनी मरजी से सी.आई.ए. के लिए जासूसी करते हैं। इसकी मुख्य वजह उसके बदले मिलनेवाली भारी-भरकम धनराशि है।

सी.आई.ए. अपने जासूसों के बारे में सर्वोच्च गोपनीयता बरतने की नीति का पालन करता है। सभी एजेंटों को आरंभ में ही एक कोड नंबर/नाम आवंटित किया जाता है। इसके बाद उनका असली नाम सी.आई.ए. के किसी भी दस्तावेज में नहीं इस्तेमाल किया जाता। हर चीज गोपनीय कोड के जरिए दर्ज की जाती है।

गोपनीय कोड के साथ संबंधित असली नाम को हमेशा गोपनीय रखा जाता है। कोई भी आसानी से वह जानकारी हासिल नहीं कर सकता। उसे शैतान की जान की तरह छिपाकर रखा जाता है।

सी.आई.ए. हर देश में कई एजेंटों का चयन करती है। उनके द्वारा

जुटाई गई सूचना को एकत्रित व संगृहीत करने के लिए भी शानदार नेटवर्क बनाया जाता है।

हर देश से जुटाई गई सूचना स्थानीय सी.आई.ए. स्टेशन तक पहुँचती है। वही उन सूचनाओं को समग्र रूप देकर मुख्यालय भेजने के लिए जवाबदेह होता है।

लेकिन स्थानीय स्टेशन पहुँची हर सूचना तत्काल मुख्यालय नहीं भेजी जाती। स्थानीय स्टेशन सूचनाओं में महत्त्वपूर्ण और महत्त्वहीन की छँटाई करता है।

सी.आई.ए. मुख्यालय भेजी जानेवाली हर सूचना को सी.आई.ए. के अधिकारी उनके महत्त्व के आधार पर चार श्रेणियों में बाँटते हैं—'फ्लैश', यानी तेजी से प्रसारित होने योग्य; 'इमीडिएट', यानी तत्काल; 'प्रायोरिटी', यानी प्राथमिकता के आधार पर और 'रुटीन', यानी नियमित सूचना।

'फ्लैश' और 'इमीडिएट' को अति महत्त्वपूर्ण सूचना की श्रेणी में रखा जाता है। अन्य को कम महत्त्व मिलता है; हालाँकि, उन्हें भी उपेक्षित नहीं किया जाता। सारी महत्त्वहीन सूचनाएँ भी बिना नागा मुख्यालय को भेजी जाती हैं।

सी.आई.ए. का मुख्यालय पूरी दुनिया से सूचनाएँ हासिल करता है। वहाँ संबंधित देशों के प्रभारी अधिकारी उन सूचनाओं को हासिल कर उन्हें अंक प्रदान करते हैं।

यह उपयोगी जानकारी है, इसलिए इसे 20 अंक। यह बहुत अच्छी नहीं है, इसलिए इसे 3 अंक बहुत हैं। यह किसी काम की जानकारी नहीं है, इसलिए शून्य अंक। सारी जानकारियों को इसी तरह महत्त्व के आधार पर नंबर दिए जाते हैं।

सारे स्टेशनों को इस प्रकार दिए गए नंबरों का साल के अंत में हिसाब लगाया जाता है और इससे उन स्टेशनों की दक्षता का आकलन होता है।

रोज की सबसे महत्त्वपूर्ण सूचना (जिसे सबसे अधिक अंक मिलते

हैं) को राष्ट्रपति को भेजी जानेवाली पी.डी.बी. में शामिल किया जाता है।

सी.आई.ए. की आधिकारिक शक्ति बस, यहीं समाप्त हो जाती है। उनके द्वारा दी गई जानकारी के आधार पर उठाए जानेवाले कदमों का फैसला राष्ट्रपति और सीनेट के हाथों में होता है।

सी.आई.ए. के इतिहास में ऐसी कई सूचनाएँ हैं, जिनका पता लगाने में वे विफल रहे; लेकिन साथ ही ऐसे भी उदाहरण हैं, जब सी.आई.ए. द्वारा जुटाई गई चेतावनी की गंभीरता को समझने में राष्ट्रपति और अन्य अधिकारी विफल रहे।

अमेरिकी सरकार सी.आई.ए. को पूरी तरह नजरअंदाज नहीं कर सकती, साथ ही उन्हें यह भी डर है कि यदि सी.आई.ए. को ज्यादा शक्तियाँ दी गईं तो इसका नुकसान उन्हें हो सकता है। इन दोनों ही तरह की विचारधाराओं के बीच पिछले पाँच दशकों से सी.आई.ए. लगातार बढ़ती जा रही है।

□

9

नया गठजोड़

यह वो समय था, जब रूस में बोल्शेविक क्रांति खत्म हुई थी और सोवियत संघ का गठन हुआ था।

नए फेडरेशन के झंडे के डिजाइन का काम एक आर्टिस्ट को दिया गया था। उसने खूनी लाल रंग का झंडा बनाया, जिसके बीच में एक तलवार थी।

जब लेनिन ने झंडे को देखा तो उन्होंने उस डिजाइन से तलवार हटाने के लिए कहा।

उसे क्यों हटाया जाना चाहिए? क्या तलवार बहादुरी की निशानी नहीं है?

"इसीलिए इसे हटाना है।" लेनिन ने कहा, "तलवार की जरूरत उन्हें है, जो दूसरे देशों पर कब्जा करते हैं। हम इसका विरोध करते हैं।"

सोवियत संघ का गठन ऐसी आदर्श नीति पर हुआ था। वे दूसरों की जमीन पर कब्जा नहीं करने को लेकर दृढ़ थे; लेकिन आधी सदी बाद दूसरे देश के साथ युद्ध उनकी मजबूरी बन गई।

अफगानिस्तान युद्ध करीब 10 वर्ष तक चला। उस लड़ाई में सोवियत संघ को लाभ से अधिक हानि हुई।

क्या अमेरिका खुद को इसमें शामिल होने से रोक सकता था? उन्होंने अफगानिस्तान के तालाब को और गंदा करने के लिए अपने प्रतिनिधि के रूप में सी.आई.ए. का इस्तेमाल किया।

इस मामले को देखने से पहले अफगानिस्तान में सोवियत संघ के प्रवेश की पृष्ठभूमि को देखना महत्त्वपूर्ण है।

अफगानिस्तान एक मुसलिम देश है। सोवियत संघ एक कम्युनिस्ट संघ था। हालाँकि, वे भौगोलिक रूप से करीब थे, मगर भाषा, संस्कृति तथा अन्य कई पैमानों पर वे एक-दूसरे से बिल्कुल अलग थे।

ऐसी स्थिति में दोनों देशों की सीमा पर रहनेवाले सबसे अधिक प्रभावित होते हैं। अफगानिस्तान से लगी सोवियत संघ की सीमा में रहनेवाले मुसलिम कम्युनिज्म के कई सिद्धांतों को पसंद नहीं करते थे। उन्हें महसूस होता था कि सिर्फ अल्पसंख्यक होने की वजह से उनकी उपेक्षा हो रही है।

उससे भी बढ़कर, वे यह मानते थे कि कम्युनिस्ट अल्लाह के खिलाफ हैं। उन्हें नास्तिकों के शासन के अधीन रहने का मलाल था।

सोवियत संघ ने इस रवैए को समझा और अफगानिस्तान को कई राजनीतिक व आर्थिक लाभ दिए गए। सोवियत संघ की मदद से अफगानिस्तान में एक वामपंथी पार्टी का गठन किया गया।

'पीपुल्स डेमोक्रेटिक पार्टी ऑफ अफगानिस्तान' (पी.डी.पी.ए.) में सबकुछ ठीक आरंभ हुआ था; लेकिन सन् 1967 में उस पार्टी में आंतरिक राजनीति, दुश्मनी और एक-दूसरे की जड़ खोदने की शुरुआत हुई।

पार्टी में हर कोई अपने आप को भविष्य का प्रधानमंत्री समझ रहा था। वे एक-दूसरे पर ही सवाल उठाने लगे थे, "वो यह पद क्यों सँभाल रहा है? क्यों नहीं मैं उसे हटाकर इस पद पर काबिज हो जाऊँ? तुम भ्रष्ट हो!" अफगानिस्तान की राजनीति दुर्गंधित होने लगी थी।

वर्ष 1973 में दाऊद ने पिछली सरकार को पलटकर सत्ता सँभाल ली। पाँच साल बाद एक सैन्य क्रांति हुई और उसके कुछ दिनों बाद ही एक छोटी क्रांति और हुई। परिस्थिति नियंत्रण से बाहर होने लगी थी।

सोवियत संघ अफगानिस्तान के मामले में सीधे दखल नहीं देना

चाहता था; लेकिन साथ ही वह ये भी चाहता था कि अफगानिस्तान की सरकार उसकी हिमायती बनी रहे।

अफगानिस्तान की राजनीति अस्थिर बनी रही और लगातार नई सरकारें सत्ता सँभालती रहीं। ऐसे में सोवियत संघ इन सभी से अपनी हिमायत की उम्मीद कैसे कर सकता था?

समस्या आरंभ हुई। एक सैन्य क्रांतिकारी हफीजुल्ला अमीन ने सोवियत संघ का समर्थन नहीं करने का फैसला लिया।

सोवियत संघ ने चिढ़कर अपनी सेना अफगानिस्तान भेज दी। सेना का मिशन अफगानिस्तान को जीतकर सोवियत संघ में मिलाना नहीं था, बल्कि अफगानिस्तान के अंदर एक 'लाल सरकार' का गठन करना था।

अमेरिका शायद उस समय तक दुनिया में अफगानिस्तान नामक देश की उपस्थिति के बारे में भी नहीं जानता था। मगर जब उन्हें पता चला कि सोवियत संघ ने अफगानिस्तान में घुसपैठ की है, तो उन्होंने स्वयं को इसमें हस्तक्षेप करने के लिए तैयार करना शुरू कर दिया।

यदि यह युद्ध काल होता तो अमेरिका शायद सोवियत संघ के खिलाफ अफगानिस्तान की मदद के नाम पर सीधे अपनी सेना उतार देता; लेकिन यह शांति काल था, इसलिए उन्हें परोक्ष रूप से ही काम करना था।

यह एक परोक्ष मिशन था और वह भी एक विदेशी धरती पर! इसलिए उस समय के अमेरिकी राष्ट्रपति जिमी कार्टर ने सी.आई.ए. को बुलावा भेजा।

'अफगानिस्तान में क्या हो रहा है? हम इसमें क्या कर सकते हैं? सबसे महत्त्वपूर्ण सवाल यह है कि इसमें अमेरिका के तात्कालिक और दीर्घावधिक लाभ क्या हैं?'

जब सी.आई.ए. का गठन हुआ था, तब उसे नियमों की एक सूची दी गई थी। समय के साथ उसने खुद भी अपने लिए कुछ नियम बनाए

थे; लेकिन किसी देश के साथ युद्ध शुरू करना उन दोनों की सूची में शामिल नहीं था।

हालाँकि, परदे के पीछे वे कुछ भी कर सकते थे, पर वे अमेरिकी झंडे लगे टैंक और विमान लेकर अफगानिस्तान कूच नहीं कर सकते थे। मगर सोवियत संघ का विरोध करने के लिए दूसरे कई तरीके मौजूद थे।

विशालकाय सोवियत संघ के मुकाबले अफगानिस्तान एक छोटा सा देश था। इसके बावजूद उन्होंने सोवियत संघ की उपस्थिति का स्वागत नहीं किया। सी.आई.ए. ने अनुमान लगा लिया कि अफगानिस्तान में सोवियत संघ की घुसपैठ का स्थानीय स्तर पर विरोध हो सकता है।

उम्मीद के अनुसार, सी.आई.ए. ने विरोधी समूह की मदद करने का फैसला किया। उसका मौलिक उद्‌देश्य विरोधियों का इस्तेमाल कर सोवियत संघ को नुकसान पहुँचाना था।

अफगानिस्तान आर्थिक रूप से पिछड़ा देश था और उसके क्रांतिकारी समूह भी दरिद्र थे; हालाँकि, उनकी सेना में पर्याप्त लोग थे, मगर हथियारों के मामले में वे सदियों पीछे थे। वे आधुनिक युद्ध तकनीक से भी अनजान थे।

इन कमियों को सी.आई.ए. से भी पहले एक अन्य समूह ने पहचान लिया था—पाकिस्तान की इंटेलिजेंस एजेंसी आई.एस.आई. (इंटर सर्विसेज इंटेलिजेंस)।

अफगानिस्तान में पाकिस्तान की दिलचस्पी एक अलग कहानी है। अभी उस पर ध्यान नहीं देते। आई.एस.आई. ने तय किया कि सोवियत संघ की घुसपैठ के खिलाफ लड़ रहे अफगान मुजाहिदीनों की वह मदद करेगा।

उनकी मदद में पर्याप्त रसद की आपूर्ति से लेकर हथियार चलाने का प्रशिक्षण और युद्ध कला का प्रशिक्षण शामिल था। इस काम के लिए अफगानिस्तान और पाकिस्तान की सीमा को खोल दिया गया।

इस जानकारी से सी.आई.ए. उछल पड़ी। उसने आई.एस.आई. से हाथ मिलाया तथा तालाब को और गंदा करने में जुट गई।

सी.आई.ए. ने 1.5 करोड़ डॉलर में चीन व मिस्र जैसे देशों से हथियार खरीदे और अमेरिकी विमानों के जरिए उन्हें पाकिस्तान भेज दिया, जहाँ से उन्हें अफगानिस्तान के विद्रोहियों तक पहुँचाया गया।

उन हथियारों को अफगानिस्तान में काम कर रहे अलग-अलग उग्रवादी गुटों में बाँटने की जिम्मेदारी पाकिस्तान की थी। सी.आई.ए. ने इसमें भी बेहतर गणित लगाया था।

उन्होंने अफगानिस्तान के उग्रवादी समूहों में से भी ऐसे आतंकियों को चुना, जिन्हें कोई भय नहीं था और उन्हें ज्यादा हथियार दिए। उनकी गणना थी कि इस तरीके से सोवियत संघ को ज्यादा नुकसान पहुँचाया जा सकता है।

ऐसी मदद में बंदूकें, विस्फोटक, इलेक्ट्रॉनिक उपकरण, मिसाइल एवं रासायनिक हथियार शामिल थे। उन्हें अमेरिका से पहले पाकिस्तान और वहाँ से अफगानिस्तान भेजा जाता था। हर साल कई हजार टन ऐसी सामग्री अफगानिस्तान भेजी जाती थी।

अमेरिका सिर्फ हथियार भेजने तक ही सीमित नहीं रहा। सी.आई.ए. के कई अधिकारियों ने पाकिस्तान के लिए सीजन टिकट कटा रखा था। आई.एस.आई. के दफ्तरों में स्थानीय चेहरों से अधिक अमेरिकी चेहरे दिखने लगे थे।

सी.आई.ए. के अधिकारियों को दो जिम्मेदारियाँ दी गई थीं। पहली, आई.एस.आई. के अधिकारियों, एजेंटों एवं जासूसों को आधुनिक तकनीक से जुड़ी टिप्स और मौलिक प्रशिक्षण प्रदान करना तथा दूसरी, अफगानिस्तान के उग्रवादियों को सीधे प्रशिक्षण और मदद पहुँचाना।

जब पाकिस्तान को यह आभास हुआ कि उसके पास अमेरिका का पूरा समर्थन और आशीर्वाद है, तो उसकी ताकत बढ़ गई। जिस गति

से उग्रवादियों को हथियार एवं प्रशिक्षण दिया जा रहा था, वह गति भी बढ़ गई।

सन् 1979 में जब सोवियत संघ ने अफगानिस्तान में अपना मिशन आरंभ किया था, तब उसे उम्मीद थी कि मिशन पूरा होने में ज्यादा वक्त नहीं लगेगा, क्योंकि अफगानिस्तान छोटा सा देश था। लेकिन अफगानिस्तान में उन्हें दो बेहद मजबूत दुश्मनों का सामना करना पड़ा—आई.एस.आई. और सी.आई.ए.।

यदि वे सीधी लड़ाई में होते तो स्थितियाँ सोवियत संघ के पक्ष में होतीं, लेकिन वे अफगान लड़ाकों के पीछे छिपे थे और उन्हें तैयार कर रहे थे। उससे भी बढ़कर, इस देश की मदद करने को कई मुसलिम युवा (जैसे—ओसामा बिन लादेन) अफगानिस्तान पहुँच गए थे।

अफगानिस्तान का पूरा क्षेत्र जंगलों व पहाड़ों से भरा हुआ है और जो लोग इससे अपरिचित हैं, उनके लिए इसे माप पाना आसान नहीं है। सोवियत संघ को पता भी नहीं चल रहा था कि कौन कहाँ से आकर उस पर हमला कर रहा है? उसका दम घुटने लगा था।

सी.आई.ए. रहस्यपूर्ण मुसकान के साथ यह सब देख रही थी। शीत युद्ध के चरम पर सोवियत संघ का दम घोंटने की खुशी उससे बरदाश्त नहीं हो रही थी।

जो युद्ध बेहद छोटी अवधि में खत्म हो जाना चाहिए था, वह परदे के पीछे चल रही गतिविधियों के कारण कई वर्षों तक चलता रहा। आई.एस.आई. और सी.आई.ए. से मदद हासिल करनेवाले अफगान लड़ाकों ने सोवियत संघ के सामने बेहद कड़ी चुनौती पेश की। हालाँकि, सोवियत संघ ने अतिरिक्त सैन्य बल और हथियार इस युद्ध में झोंके, मगर युद्ध कभी समाप्त नहीं हुआ।

सी.आई.ए. के अनुसार, यह सोवियत संघ को कमजोर करने का एक तरीका भर था। विएतनाम युद्ध के अनुभवों से अमेरिका को यह पता

था कि यदि कोई देश लगातार युद्ध में जुटा रहे तो इससे उसकी ताकत कैसे कम होती है।

इसलिए वे वही तरीका अपनाकर सोवियत संघ को तगड़ा नुकसान पहुँचाना चाहते थे। सोवियत संघ के हजारों सैनिकों को अफगान लड़ाकों के हाथों जानें गँवानी पड़ीं। सोवियत संघ इतनी लंबी लड़ाई में होनेवाले खर्च का प्रबंधन नहीं कर सका।

सोवियत-अफगान युद्ध 10 वर्षों तक चला (1979-89) और इसमें लाखों जानें गईं। बेसहारा हुए लोगों की गिनती भी कई लाख थी।

युद्ध के समय बिछाई गई बारूदी सुरंगें अब तक पूरी तरह नहीं हटाई जा सकी हैं। आज भी कई निर्दोष लोग इन पर पैर रखकर अपनी जान गँवा बैठते हैं।

हालाँकि, सोवियत संघ ने अफगानिस्तान में बहुत नुकसान पहुँचाया, मगर वह उस पर पूरी तरह कब्जा नहीं कर पाया। अफगान लड़ाके सीधे और गुरिल्ला युद्ध में उनका मुकाबला करते रहे।

सोवियत संघ ने सन् 1989 में अफगानिस्तान को खाली कर दिया। इससे अफगान लड़ाकों से अधिक आई.एस.आई.-सी.आई.ए. गठजोड़ को खुशी हुई।

आज की तारीख तक यह उनकी सबसे बड़ी जीत है। अफगानिस्तान में मिली जीत आई.एस.आई. और सी.आई.ए. के इतिहास में विशेष स्थान रखती है।

सी.आई.ए. ने अफगानिस्तान से पहले और बाद में कई देशों में ऐसी गतिविधियाँ चलाईं, लेकिन अफगान युद्ध में उसने सोवियत संघ को गंभीर नुकसान पहुँचाया। उसके लिए यह जीत बेहद खास थी।

जीत हासिल करने के लिए उन्हें अरबों डॉलर खर्च करने पड़े। इसके बाद भी दुश्मन को अपनी एक आँख गँवानी पड़ी, जबकि उन पर कोई आँच नहीं आई। इसलिए यह खुशी को सेलिब्रेट करने का मौका था।

अफगान युद्ध में परदे के पीछे से काम करने से अमेरिका को कई लाभ हुए, जबकि नुकसान कुछ नहीं हुआ।

लेकिन इस घुसपैठ के दुष्परिणाम के रूप में हुई एक घटना ने विश्व के इतिहास को बदल दिया। यह घटना खुद सी.आई.ए. के अस्तित्व के लिए परोक्ष रूप से खतरा बन गई।

□

10

पतन

सोवियत संघ और अमेरिका के बीच कितना अंतर है?

यह अकेला सवाल अमेरिका के शासकों, सेना और खुफिया अधिकारियों की दो पीढ़ियों को लगातार सताता रहा। जब तक उन्हें इस सवाल का जवाब नहीं मिल जाता, उनके लिए खाना और सोना हराम हो गया था। यहाँ तक कि सोवियत कॉमरेड कई तरह के हथियार लेकर उनके सपनों में भी घुसपैठ करने लगे थे।

यह किलोमीटर में मापा जानेवाला अंतर नहीं था, बल्कि बमों का अंतर, मिसाइलों का अंतर था; और इन मामलों में अंतर का सवाल अमेरिका को परेशान कर रहा था।

हम पीढ़ियों के अंतर से परिचित हैं, लेकिन यह बमों का अंतर क्या बला है?

बमों का अंतर का अर्थ अमेरिका और सोवियत संघ के बीच बम की निर्माण-क्षमता का अंतर था। इसी प्रकार मिसाइल-निर्माण तकनीक का अंतर 'मिसाइल अंतर' कहलाता था।

उदाहरण के लिए, यह माना जाता था कि अमेरिका परमाणु निर्माण शोध के मामले में सोवियत संघ से दो साल आगे था, लेकिन साथ ही अमेरिकी यह मानते थे कि रासायनिक हथियार, मिसाइल, उपग्रह और इलेक्ट्रॉनिक जासूसी उपकरणों के शोध के मामले में वे सोवियत संघ से कई महीने पीछे हैं।

सी.आई.ए. अमेरिका की इस मान्यता को और भड़काती थी।

हालाँकि, इसे दोहराना बोरियत भरा हो सकता है, लेकिन यहाँ इसे एक बार फिर याद दिलाना होगा। दूसरे विश्व युद्ध के बाद सोवियत संघ एक परदे के पीछे छिप गया था और कोई नहीं जानता था कि उस देश में क्या हो रहा है?

इस 'कोई नहीं' में सी.आई.ए. भी शामिल थी। सिर्फ सी.आई.ए. ही नहीं, उस समय का कोई भी दक्ष जासूस सोवियत संघ में प्रवेश करने में सक्षम नहीं था।

इसलिए अमेरिका में तनाव बढ़ रहा था। वे उस देश के बारे में कुछ भी नहीं जान पाने के कारण बेचैन हो रहे थे—'सोवियत संघ के भीतर हो क्या रहा है? क्या वहाँ विकास हो रहा है या गिरावट आ रही है? या एक अन्य क्रांति? वहाँ के लोग आगे बढ़ रहे हैं या पीछे जा रहे हैं? क्या उन्हें मूलभूत सुविधाएँ मिल पा रही हैं? क्या वहाँ कोई बड़ी वैज्ञानिक उपलब्धि हासिल हुई है? उनकी सेना कितनी बड़ी है? उनके हथियारों के बारे में क्या सूचनाएँ हैं?'

लेकिन आखिर, अमेरिका को ऐसी मामूली जानकारियाँ क्यों चाहिए थीं?

किसी देश की राजनीतिक या सैन्य शक्ति उसके विकास पर निर्भर करती है। यदि अमेरिका सोवियत संघ के अंदर कारोबारी विकास, वहाँ के लोगों की औसत आय, सरकार की आय के स्रोत, खर्च के तरीके और सेना पर होनेवाले खर्च आदि के बारे में जान सकता तो वह उसी के अनुसार अपनी रणनीति बना सकता था।

यह जानकारी होने पर हर चीज सही हो सकती थी। यदि अमेरिका को पता चले कि सोवियत संघ परमाणु शोध पर 10 डॉलर खर्च कर रहा है तो अमेरिका उस पर 20 डॉलर खर्च करने के लिए तैयार था।

लेकिन यदि उनके पास सामान्य जानकारी ही न हो तो वे कुछ नहीं कर सकते थे। वे इस बात को लेकर अनजान थे कि उन्हें अपने परमाणु

शोध पर कितना खर्च करना चाहिए? वे नहीं जानते थे कि 20 डॉलर से काम चल जाएगा या 200 या 2,000 डॉलर खर्च करने की जरूरत है!

शीत युद्ध के समय अमेरिका ने जितनी भी समस्याएँ झेलीं, उनका आधार यही अनिश्चितता थी। सोवियत संघ के अंदर क्या चल रहा है, यह न जान पाने के कारण वे बेचैन थे।

उस दौर में सोवियत संघ का परमाणु शोध, मिसाइल डिजाइन कार्यक्रम और अंतरिक्ष शोध कार्यक्रम अमेरिका की टक्कर का था। यदि इसमें अंतर मापा जाता तो कोई खास फर्क सामने नहीं आता।

लेकिन चूँकि अमेरिका को कुछ भी पता नहीं था, उनकी कल्पना की उड़ान उन्हें डराने लगी थी।

उससे भी बढ़कर, कई तरह की अफवाहें अमेरिकियों के बीच फैल रही थीं—'सोवियत संघ ने बहुरंगी मिसाइलें तैयार की हैं, जो सिर्फ अमेरिका को नष्ट करने के लिए महाद्वीपों के ऊपर मँडरा रही हैं। उन्होंने इन मिसाइलों में रासायनिक हथियार भर रखे हैं! साथ ही, अमेरिका ने जापान के ऊपर जितना बड़ा परमाणु बम गिराया था, उससे चार गुना बड़ा बम तैयार किया गया है और उसे कम्युनिस्ट लाल रंग से रँगा गया है।'

समस्या यह थी कि अमेरिका के अंदर ऐसा कोई नहीं था, जो उन्हें हौसला देता या मजबूती से यह कहता कि सोवियत संघ के पास ऐसे कोई ताकतवर हथियार नहीं हैं।

अमेरिका की कल्पना इतनी ऊँची थी कि वे यह सोच बैठे थे कि सोवियत संघ के अधिकारी मॉस्को की ऊँची इमारतों में बैठे, अपने सैंडविच चबाते हुए, एक बटन दबाकर अमेरिका को तबाह करने के लिए तैयार हैं!

हताशा में अमेरिका ने सी.आई.ए. के बजट को और बढ़ा दिया। सी.आई.ए. को आदेश दिया गया कि रूस में क्या हो रहा है, इसका किसी क्रिकेट मैच की तरह लाइव प्रसारण उन्हें दिखाना चाहिए।

सोवियत संघ की सीमा और उनकी राजनीतिक एवं सैन्य परिधि में घुसपैठ एक मुश्किल काम था; लेकिन सी.आई.ए. ने बिना हिम्मत हारे अपने प्रयास जारी रखे।

बदले में सोवियत संघ की इंटेलिजेंस एजेंसी के.जी.बी. ने उनके साथ खेल खेलना शुरू कर दिया। उन दोनों एजेंसियों की प्रतिस्पर्धा में शीत युद्ध चरम पर पहुँच गया।

सी.आई.ए. को उस समय यह सूचना चाहिए थी—क्या सोवियत संघ के पास ऐसी मिसाइलें हैं, जो महाद्वीपों के ऊपर से उड़ सकती हैं? यदि हाँ, तो क्या वे अमेरिका तक पहुँच सकती हैं?

सवाल आसान लग रहा था, मगर अपने पूरे प्रयास के बावजूद वह इसका स्पष्ट जवाब नहीं तलाश सके। कई प्रयासों के बावजूद, वे जो सूचना जुटा पाए, उसके सच या झूठ होने की पुष्टि नहीं हो पाई।

इस मामले में सोवियत नेता बेहद चालाक थे; हालाँकि, उनके बीच कई आंतरिक विवाद थे, मगर अमेरिका के सामने वे हमेशा एकजुट विरोधी के रूप में बने रहना चाहते थे।

इस लक्ष्य को प्राप्त करने के लिए उन्होंने अपनी अर्थव्यवस्था, व्यापारिक विकास, सेना और रक्षा उपायों के बारे में सभी सूचनाओं को छिपाकर रखा अथवा उन्होंने डबल एजेंटों को इस्तेमाल कर झूठी सूचनाएँ सी.आई.ए. तक भेजीं और उन्हें उलझाए रखा।

इस सोवियत खेल के कारण सी.आई.ए. की स्थिति संकट में रही। यदि अमेरिकी नेतृत्व उनसे पूछता था कि क्या सोवियत संघ के पास हानि पहुँचाने वाले हथियार हैं, तो वे बगलें झाँकने लगते थे।

"अच्छा, इसे छोड़ो। सोवियत संघ का विकास कैसा है? क्या वहाँ बारिश हो रही है? क्या लोग अपने जीवन से संतुष्ट हैं और अमेरिका पर हमले की योजना बना रहे हैं? या फिर वे अपनी आंतरिक समस्याओं से जूझ रहे हैं? सोवियत अर्थव्यवस्था बढ़ रही है या घट रही है?"

सी.आई.ए. के पास उनके किसी सवाल का जवाब नहीं था। दूसरे

सभी देशों में सफलतापूर्वक अपना काम करनेवाली सी.आई.ए. सोवियत संघ के बारे में मौलिक सूचनाएँ जुटाने में भी नाकाम साबित हुई थी।

लेकिन वे इसे मान नहीं सकते थे। अगर वे यह कहते कि वे कोई सूचना नहीं जुटा पाए, तो क्या दूसरे लोग उन पर हँसते नहीं?

इसलिए सी.आई.ए. ने सोवियत संघ के बारे में हासिल छोटी-मोटी जानकारियों में अपनी कल्पना से बहुत सारी चीजें जोड़नी शुरू कर दीं। जो भी जानकारियाँ उन तक आतीं, उनमें वे ज्यादा-से-ज्यादा चीजें अपनी ओर से जोड़ देते!

इसके कारण अमेरिका में सोवियत संघ के सैन्य और हथियारों की ताकत को लेकर एक गलत छवि बन गई। वे यह मान बैठे कि सोवियत संघ की ताकत उनके मुकाबले कई गुना अधिक है और इसलिए अपनी सुरक्षा के लिए उन्होंने हथियारों एवं अंतरिक्ष शोध पर ज्यादा पैसे खर्च करना शुरू कर दिया।

एक ओर जहाँ सोवियत संघ की तरक्की को लेकर अमेरिका चिंतित था, वहीं उसकी दूसरी चिंता थी कि वास्तव में सोवियत संघ के अंदर क्या चल रहा था?

जो सच्चाई सी.आई.ए. पता नहीं लगा पाई, वह बहुत देर से दुनिया के सामने आई—सोवियत संघ गंभीर आर्थिक संकट के खिलाफ संघर्ष कर रहा था।

सोवियत संघ के पतन की वजहें इस पुस्तक से संबंधित नहीं हैं। आखिर, इतने महत्त्वपूर्ण देश के पतन के बारे में जानकारी हासिल करने में सी.आई.ए. कैसे विफल साबित हुई?

सी.आई.ए. के इतिहास में यह सबसे बड़ी विफलता थी। उस समय सोवियत संघ अमेरिका का इकलौता दुश्मन देश था। एक ओर जहाँ अमेरिकी इस चिंता से हलकान थे कि सोवियत संघ क्या करेगा, खुद सोवियत संघ किसी का भी विरोध करने की ताकत के बिना डूबता जा रहा था। लेकिन सी.आई.ए. यह पता लगाने में विफल रहा।

इसलिए सोवियत संघ के बारे में अमेरिका का डर आखिरी समय तक कम नहीं हुआ। सी.आई.ए., जिसे सही स्थिति का पता लगाना चाहिए था और इस डर को समाप्त करना चाहिए था, बुरी तरह असफल साबित हुई।

सेना और हथियारों की ताकत के बारे में सूचना नहीं जुटा पाने की गलती की माफी हो सकती है, लेकिन उनके आर्थिक संकट के बारे में जानकारी नहीं होना बहुत बड़ी चूक थी। सी.आई.ए. अमेरिका को अंत तक सोवियत संघ की शानदार तरक्की की रिपोर्ट देती रही।

यदि अमेरिका को सोवियत संघ के आर्थिक संकट के बारे में पहले से पता होता तो वह सोवियत संघ को नियंत्रित करने का उपाय करता। अमेरिका शायद और पहले ही सोवियत संघ को टुकड़े-टुकड़े कर देता!

लेकिन सी.आई.ए. के पास जानकारी नहीं होने के कारण ऐसा नहीं हो पाया। अंततः सोवियत संघ खुद ही कई देशों में टुकड़े-टुकड़े हो गया।

दशकों से अमेरिका के लिए चुनौती बना दुश्मन संघ अचानक से गायब हो गया! अमेरिका, जिसे इस पर खुशी मनानी चाहिए थी, इस स्थिति को देखकर सदमे में आ गया। इस अविश्वास की इकलौती वजह सी.आई.ए. की दोषपूर्ण दृष्टि थी।

सोवियत संघ का पतन सी.आई.ए. के लिए भी सदमा था, जो लगातार यह रिपोर्ट दे रही थी कि 'सोवियत संघ तरक्की कर रहा है। यदि वह मंगलवार को हम पर हमला कर दें तो आश्चर्य नहीं होना चाहिए।'

इससे पहले कि वे इस सदमे से उबर पाते, अगला तूफान आ गया। अमेरिकियों ने पूछना आरंभ कर दिया कि अब, जब सोवियत संघ ही समाप्त हो गया है, तो सी.आई.ए. की क्या जरूरत है? जनता के टैक्स के पैसे का इस्तेमाल सी.आई.ए. के लिए करने से रोकने और उसे पूरी तरह बंद करने के कई अनुरोध सरकार को प्राप्त हुए।

अधिकांश अमेरिकियों को लगता था कि अब सी.आई.ए. की जरूरत नहीं है; लेकिन सच्चाई यह थी कि जो लोग सी.आई.ए. को पूरी तरह बंद करने की माँग कर रहे थे, वे उसकी गतिविधियों को पूरी तरह समझते ही नहीं थे। सी.आई.ए. ने सोवियत संघ और अमेरिका के बीच शीत युद्ध के आरंभ से ही मजबूती हासिल करनी शुरू कर दी थी; लेकिन सोवियत संघ की जासूसी करना उनकी इकलौती जिम्मेदारी नहीं थी।

सोवियत संघ सी.आई.ए. के कई लक्ष्यों में से एक लक्ष्य भर था। यहाँ तक कि शीतयुद्ध के चरम पर भी वह अपने कुल बजट का 20 प्रतिशत से अधिक सोवियत संघ की जासूसी पर खर्च नहीं कर रही थी।

इसलिए अमेरिकी सरकार ने तय किया कि सिर्फ सोवियत संघ के पतन के कारण सी.आई.ए. को बंद नहीं कर सकते। उसके पास अब भी कई महत्त्वपूर्ण जिम्मेदारियाँ थीं।

लेकिन जनता के बीच सी.आई.ए. ने जो सम्मान गँवा दिया था, वह फिर नहीं लौटा। चूँकि अब सोवियत संघ का खतरा नहीं था, इसलिए ज्यादा लोगों ने अब सी.आई.ए. की आलोचना शुरू कर दी।

ऐसी स्थिति में सिर्फ देशभक्ति और राष्ट्रीय सुरक्षा के तर्क सी.आई.ए. के लिए काफी नहीं थे। कई लोगों ने पूछना शुरू कर दिया था कि अब अमेरिका के सामने क्या खतरा है?

सी.आई.ए. की पिछली चूकें व गलतियाँ अब पत्रिकाओं और मीडिया में छपने लगी थीं। उस पर पैसे खर्च करना बंद करने के लिए उठनेवाली आवाजों को प्रत्यक्ष या परोक्ष रूप से मजबूती मिलने लगी थी।

एक सीमा के बाद अमेरिकी सरकार भी ऐसी माँगों को नजरअंदाज नहीं कर सकती थी, इसलिए सी.आई.ए. के अधिकारों में कटौती कर दी गई (फिर से)। उनके बजट में भी खासी कटौती की गई।

सी.आई.ए. ने इससे पहले कभी ऐसी कठिन स्थिति का सामना नहीं किया था। अगले 7 वर्षों के दौरान सी.आई.ए. के पाँच डायरेक्टर बदले गए। कोई भी स्थिति को नियंत्रित नहीं कर पाया।

इस दौरान कुछ लोग सी.आई.ए. का समर्थन कर रहे थे; लेकिन ऐसे लोग, जो देश के लिए इंटेलिजेंस एजेंसी की आवश्यकता का समर्थन कर रहे थे, उनकी संख्या सी.आई.ए. को नियंत्रित करने की माँग करनेवालों के मुकाबले कम थी।

कोई विकल्प नहीं देखकर सी.आई.ए. ने अपनी सीमाओं को समेटना और उसी के अंदर काम करना आरंभ किया। पहले के उलट, वे महत्त्वपूर्ण कामों को अकेले ही अंजाम देने लगे।

इसके बावजूद उन्होंने उम्मीद नहीं हारी। उन्हें भरोसा था कि एक दिन लोगों को इंटेलिजेंस एजेंसी की जरूरत का महत्त्व पता चलेगा!

10 साल बाद, 9/11 हमले के समय सी.आई.ए. का महत्त्व अमेरिका में फिर बढ़ गया। अमेरिकियों को आभास हुआ कि एक देश के लिए इंटेलिजेंस गतिविधि महत्त्वपूर्ण है और इसलिए सी.आई.ए. को फिर से महत्त्व मिलने लगा।

लेकिन, उस समय तक सी.आई.ए. को अमेरिका में एक बिन बुलाए मेहमान जैसा ही दर्जा प्राप्त था।

सी.आई.ए. ने जनता के बीच अपनी छवि सुधारने के लिए कई कदम उठाए। उन्होंने अपने पुराने गोपनीय दस्तावेज जनता के लिए जारी किए। उन्होंने मीडिया एवं पत्रकारों के साथ अच्छे रिश्ते बनाने की भी कोशिश की।

लेकिन सोवियत संघ के पतन के समय लगा गंभीर झटका इन छोटे इलाजों से ठीक नहीं हो सकता था। सी.आई.ए. कभी भी पहले की तरह मजबूत नहीं हो पाई।

सी.आई.ए. को अस्तित्व बचाने के लिए शक्तिशाली दवा की जरूरत थी। उन्होंने आसपास देखा और एक संपूर्ण इलाज तलाश लिया—आतंकवाद का विरोध!

□

11

आतंकवाद

शब्दकोश में दिए गए 'आतंकवाद' शब्द का अर्थ और अमेरिका द्वारा बताए गए अर्थ में अंतर है।

अमेरिका के अनुसार, बिना किसी वजह के दूसरों के खिलाफ हिंसा, कब्जा या हमला करनेवाला हर व्यक्ति आतंकवादी है। यह परिभाषा शायद इस सोच की वजह से है कि उनके अलावा और कोई ऐसा नहीं कर सकता।

सी.आई.ए. ने सोवियत संघ के पतन से पहले ही यह देख लिया था कि पूरी दुनिया में आतंकवाद बढ़ रहा है। वे समझ गए थे कि यह शायद उनके लिए सिरदर्द साबित हो सकता है।

टेक्नोलॉजी भी तेजी से बदल रही थी। सी.आई.ए. इस बात को लेकर सतर्क थी कि यदि आतंकवादियों के पास भी उनके जैसे ही उपकरण और हथियार उपलब्ध होंगे तो दुनिया में सिर्फ गुरिल्ला युद्ध ही बचेगा।

यह तो सभी को पता था कि अमेरिका एक धनी देश है और उसके पास सुपर पावर की पहचान भी है। धनी देशों को ज्यादा संकट झेलना होगा। इससे भी बढ़कर, सी.आई.ए. बिना कोई भेदभाव किए पूरी दुनिया की जासूसी करती थी। यदि अमेरिका अपने खिलाफ जानेवाले हर किसी को धमका नहीं लेता था तो उसे चैन नहीं आता था।

इसलिए, सी.आई.ए. ने सोचा कि उनसे चिढ़े बैठे कई समूह अपने हथियारों का मुँह अमेरिका की ओर कर सकते हैं। उन्होंने सोचना शुरू किया कि ऐसे किसी भी हालात को टालने के लिए क्या करना चाहिए?

सी.आई.ए. में 'आतंकवाद-रोधी केंद्र' का गठन सन् 1986 में किया गया। पूरी दुनिया में गठित होनेवाले आतंकी समूहों, उनके समर्थकों, उनके मिशन और उनके शिकारों का विश्लेषण करने की जिम्मेदारी इस केंद्र को दी गई।

सी.आई.ए. ने अपने लिए पहले ही यह छवि बना ली थी कि वह पूरी दुनिया की जासूसी इसलिए करती है, ताकि खतरनाक हथियारों के उत्पादन को नियंत्रित कर सके। नई शाखा इसी लक्ष्य की ओर एक कदम भर थी। उन्होंने खतरनाक हथियारों की तरह ही आतंकवादियों को तलाश करना और उन्हें खत्म करना शुरू कर दिया।

सी.आई.ए. के पास पहले से ही जरूरी तकनीक और संसाधन थे। उनके सामने बस एक नया लक्ष्य आ गया था, इससे अधिक कुछ नहीं।

सी.आई.ए. की नीति यह थी कि आधुनिक तकनीक के मामले में एक कदम आगे रहो। हालाँकि, वे इनसानी एजेंट और जासूसों पर भरोसा करते थे, मगर यह भी समझते थे कि तकनीक से लैस होने पर ये एजेंट और जासूस बेहतर प्रदर्शन करेंगे।

सी.आई.ए. अरबों डॉलर वाले कई उपग्रहों का इस्तेमाल एक साथ करती थी। उनके पास कई ऐसे उपकरण थे, जो एक साथ आसमान तथा पानी के अंदर निगरानी कर सकते थे।

सी.आई.ए. एक साथ पूरी दुनिया पर नजर रख सकती थी। वह आपकी बालकनी, सड़कों, पुलों, सैन्य केंद्रों, वैज्ञानिक शोध केंद्रों, आतंकी गतिविधियों और नशीली दवाओं के कारोबार की निगरानी करने में सक्षम थी।

यह उपग्रह रोजाना हजारों तसवीरें उतारते थे। सी.आई.ए. में सिर्फ

उन तसवीरों का विश्लेषण करने के लिए एक अलग शाखा थी, जिसका नाम 'नेशनल फोटोग्राफिक इंटरप्रिटेशन सेंटर' (एन.पी.आई.सी.) था।

इस विभाग का गठन मूल रूप से सोवियत संघ के हथियारों पर रिसर्च के लिए किया गया था। वे जासूसी कैमरों और उपग्रहों द्वारा भेजी गई तसवीरों का मैग्नीफाइंग ग्लास के जरिए विभिन्न कोणों से जाँच कर विश्लेषण करते थे। बाद में तसवीरों की गुणवत्ता में सुधार हो गया और विश्लेषण के लिए कंप्यूटरों का भी इस्तेमाल होने लगा।

यह मत सोचिए कि भला तसवीरों के विश्लेषण से कितनी जानकारी मिल सकती है! सी.आई.ए. में ऐसे कई विशेषज्ञ हैं, जो महज फोटोज को देखकर किसी शहर की आबादी का सटीक अनुमान, वहाँ बने घरों की संरचना, संस्कृति और शहर औद्योगिक है या रिहायशी—ये सब बता सकते हैं।

इसके साथ ही, यदि इन्फ्रारेड बीम का सही तरीके से इस्तेमाल किया जाए तो इन्हीं तसवीरों से कई अन्य जानकारियाँ भी हासिल की जा सकती हैं। सी.आई.ए. यह तक अनुमान लगा सकती है कि इन तसवीरों के लिये जाने से ठीक पहले तसवीर वाली जगह पर क्या हुआ होगा?

यदि ये तसवीरें उन्हें गुमराह करें तो क्या होगा?

इसके लिए सी.आई.ए. तसवीरों के साथ ऑडियो संदेश भी जुटाती है। वह सभी खास देशों के महत्त्वपूर्ण कार्यालयों में छिपकर बातें सुनती है और इस मामले में दुश्मन, दोस्त या निष्पक्ष देशों में कोई भेदभाव नहीं करती।

सी.आई.ए. पूरी दुनिया में महत्त्वपूर्ण कार्यालयों से होनेवाली टेलीफोन की बातचीत को इंटरसेप्ट करके सुनती है। उन्हें हर तरह की गोपनीय बातचीत, घुसपैठ से संबंधित योजनाएँ तथा अन्य जानकारियाँ पहले से चाहिए होती हैं।

इससे बचने के लिए दुनिया के महत्त्वपूर्ण नेताओं, जैसे कि फिदेल कास्त्रो ने महत्त्वपूर्ण संदेशों का आदान-प्रदान टेलीफोन पर करना बंद

कर दिया। कई कार्यालयों में ऐसी जगहें बनाई गईं, जहाँ छिपकर बातचीत सुनना संभव नहीं हो और महत्त्वपूर्ण बैठकें उन्हीं जगहों पर होने लगीं।

लेकिन सी.आई.ए. इससे हतोत्साहित नहीं हुई। उसने किसी भी जगह से सूचना चुराने के लिए वैकल्पिक तरीकों की खोज जारी रखी।

इसके लिए उसने 'द डायरेक्टरेट ऑफ साइंस एंड टेक्नोलॉजी' के नाम से साइंस और टेक्नोलॉजी के एक अलग विंग का गठन किया, जिसका काम सी.आई.ए. के एजेंटों व जासूसों के लिए खास तकनीकी उपकरणों का उत्पादन करना है।

कई मीडिया हाउस सी.आई.ए. के बारे में बात करते हुए 'जेम्स बॉण्ड 007' की तसवीरें या बॉण्ड फिल्मों की थीम म्यूजिक का इस्तेमाल करते हैं।

सी.आई.ए. को यह छवि पसंद नहीं है। सी.आई.ए. के कई निदेशकों ने बार-बार यह घोषणा की है कि जासूसी सीरियलों या फिल्मों में दिखाई जानेवाली हर चीज पर भरोसा न करें।

सच्चाई यह है कि सी.आई.ए. के साइंस विंग ने बॉण्ड फिल्मों में दिखाई जानेवाली तकनीक से कहीं उन्नत उपकरणों का निर्माण कर रखा है।

लेकिन यदि इनकी सूचना लीक हो जाए तो इससे इंटेलिजेंस की गतिविधियों पर असर हो सकता है। इसलिए इन आविष्कारों के बारे में सार्वजनिक घोषणा नहीं की जाती।

उनकी इस सूची में छिपकर बात सुनने के लिए इस्तेमाल होनेवाले सूक्ष्म बग, स्टिंग कैमरा, अँधेरे में देखनेवाले उपकरण, कई तरह की पोशाकें, वेश बदलने के सामान और गोपनीय संदेश भेजनेवाले खास कागज शामिल हैं।

इस शोध केंद्र का एक और बड़ा लक्ष्य हमारे दैनिक उपयोग वाले उत्पादों में गोपनीय स्थान बनाना है, जहाँ गुप्त सूचनाएँ छिपाई जा सकें।

उदाहरण के लिए, वे एक छोटी सी कलम में भी एक गोपनीय

स्थान बनाते हैं, जहाँ गुप्त सूचना छिपाकर कहीं ले जाई जा सकती है। बाहर से देखने पर वह एक मामूली कलम दिखती है, मगर सी.आई.ए. एजेंट उसके जरिए कई तरह की सूचनाओं की तस्करी कर लेते हैं।

सिर्फ कलम ही नहीं, अपने आसपास नजर दौड़ाइए! सी.आई.ए. हमारे इस्तेमाल की तकरीबन हर चीज में छिपी जगह बनाकर उनका इस्तेमाल सूचनाओं के आदान-प्रदान के लिए कर सकती है। सी.आई.ए. द्वारा जुटाई गई सूचनाएँ इसी तकनीक के जरिए कहीं भी ले जाई जाती हैं।

इस मामले में सी.आई.ए. आज भी शीर्ष संगठन है? गोपनीय शोध के लिए भारी-भरकम राशि खर्च करने के मामले में कोई संगठन उसका मुकाबला नहीं कर सकता। उनके पास कई ऐसी तकनीकें हैं, जिन तक आज भी दूसरों की पहुँच नहीं है।

उनमें से अधिकांश तकनीकों की डिजाइन और उत्पादन सी.आई.ए. में आंतरिक रूप से हुआ है। दुर्लभ मामलों में हि बाहरी लोगों को इस तरह के उत्पादन में भागीदार बनाया जाता है।

यहाँ बने गैजेट्स पूरी दुनिया में सी.आई.ए. एजेंटों के पास भेजे जाते हैं। इसके बाद उनकी जरूरत के हिसाब से सूचनाएँ जुटाई जाती हैं।

इस शोध विभाग के अलावा सी.आई.ए. में एक प्रिंटिंग ऑफिस भी है। अत्यंत गोपनीय से लेकर पूरी तरह बेशर्मी से बोले गए झूठ तक उसमें छपते हैं।

यदि उन्हें किसी भी देश में अमेरिका के समर्थन में कोई बात प्रचारित करनी होती है तो संबंधित सामग्री को उसी प्रिंटिंग प्रेस में छापने की जरूरत होती है। कई महत्त्वपूर्ण मुद्दों पर छोटी या मोटी पुस्तक से लेकर राष्ट्रपति के सामने भेजी जानेवाली पी.डी.बी. रिपोर्ट भी यहीं छपती है।

इनके अलावा सी.आई.ए. के इस प्रेस का मुख्य कार्य फर्जी दस्तावेज तैयार करना भी है। वे विदेशों में कार्य कर रहे अपने एजेंटों के लिए जाली पहचान-पत्र और जाली सर्टिफिकेट यहीं तैयार करते हैं।

अपना होमवर्क पूरा करने के बाद सी.आई.ए. के अधिकारी शुरुआत में राजनीतिज्ञों, शासकों, सैन्यकर्मियों और विरोधी गुटों की निगरानी के साथ अपना काम शुरू करते हैं। बाद में उनका घेरा और विस्तृत होता है तथा उसमें वैज्ञानिक शोध, अंतरिक्ष शोध एवं नशीली दवाओं के कारोबार आदि को भी शामिल किया जाता है।

जब सी.आई.ए. में आतंकवाद-रोधी विभाग का गठन हुआ तो उसके एजेंट हर देश में आतंकी गतिविधियों में लिप्त समूहों की जानकारियाँ भी जुटाने लगे। उनकी मुख्य चिंता यह पता लगाने की थी कि क्या इनमें से कोई समूह अमेरिका के लिए खतरनाक साबित हो सकता है?

सी.आई.ए. अमेरिका के खिलाफ आतंकी गतिविधियों में लिप्त सभी आतंकी संगठनों का डाटा एकत्रित करता है और उस डाटा को अमेरिकी सरकार को सौंपा जाता है। अमेरिकी सरकार यह तय करती है कि उस जानकारी का कहाँ और कब इस्तेमाल करना है और खतरे से कैसे निबटना है?

कई स्थितियों में सी.आई.ए. का नाम कहीं सामने नहीं आता। वे सिर्फ अपना संदेश पहुँचा देते हैं और फिर से अपने काम में जुट जाते हैं।

इसलिए अमेरिकी जनता के मन में आतंकवाद के खिलाफ सी.आई.ए. के काम करने की कोई छवि ही नहीं थी। वे सिर्फ यही मानते थे कि सी.आई.ए. सिर्फ सूचना जुटा रही है। उस दौर में किसी को सी.आई.ए. के महत्त्व का पता नहीं था।

आमतौर पर अमेरिकी यह मानते हैं कि दुनिया बस, उनके चारों ओर घूम रही है। जो चीज उन्हें लाभ नहीं देती, वे उसके बारे में परेशान नहीं होते। वे यह मानकर ऐसी बातों की उपेक्षा करते हैं कि इनसे अमेरिका को कोई फर्क नहीं पड़ता।

इसलिए '90 के दशक में जब आतंकवाद वैश्विक रूप ले चुका था, अमेरिकियों को यह आभास भी नहीं था कि इसका अमेरिका पर कोई

असर पड़ेगा। यहाँ तक कि सी.आई.ए. का आतंक-निरोधी विभाग भी इस मसले को बस, सोवियत संघ के विकल्प के रूप में देख रहा था।

करीब-करीब इसी समय केंद्रीय पूर्वी देशों में कई आतंकी समूहों का गठन हुआ और यह समूह ताकत हासिल करने लगे। सी.आई.ए. को इस तथ्य का संज्ञान था, लेकिन उसने इन समूहों की उपेक्षा की, क्योंकि इनसे उसे किसी तरह का खतरा नहीं महसूस हुआ।

यह उपेक्षित लोग आनेवाले वर्षों में अमेरिका के लिए गंभीर खतरा बन गए। अमेरिका ने इसके बाद ही पूरी दुनिया में आतंकवाद-विरोध की कमान अपने हाथों में ले ली।

'90 के दशक के आरंभ में ऐसी ही एक घटना हुई, जो हर किसी के लिए एक ट्रेलर की तरह थी। इराक के राष्ट्रपति सद्दाम हुसैन ने अपने नन्हे पड़ोसी देश कुवैत को जबरन हथियाने का फैसला किया।

अमेरिका सद्दाम हुसैन से पहले से परिचित था। इराक और ईरान के युद्ध के दौरान उसने सद्दाम हुसैन की मदद की थी।

लेकिन सी.आई.ए. ने कभी सद्दाम हुसैन पर पूरा भरोसा नहीं किया। उसने इराक में भी घुसपैठ कर रखी थी। उस देश में जो भी हो रहा था, वह हर बात की जासूसी कर रही थी।

सी.आई.ए. के पास इराकी सेना के काम करने के तरीके की सटीक जानकारी थी। उनके पास इराकी सेना की क्षमता, उनके पास मौजूद हथियार, उनकी तैनाती, हथियार कारखानों की लोकेशन और हथियार आपूर्ति की जगहों की पूरी जानकारी मौजूद थी।

सी.आई.ए. ने इराक-ईरान युद्ध के बाद भी इराक में अपना काम जारी रखा था। इसी दौरान उन्होंने एक परेशान करनेवाली बात नोटिस की।

इराक की हथियार क्षमता में नियमित रूप से वृद्धि हो रही थी—न सिर्फ संख्या के मामले में, बल्कि हथियारों की क्षमता के मामले में भी। सी.आई.ए. ने रिपोर्ट भेजी कि इराक ऐसे हथियार बना रहा है, जो लंबी दूरी तक मार कर सकते हैं।

उस समय तक अमेरिका ने इस सूचना को महज आँकड़े के रूप में ही लिया। वह इससे तब परेशान होता, जब उन हथियारों का रुख अमेरिका की ओर होता!

सी.आई.ए. ने महज सतर्कता की दृष्टि से इराक में अपनी निगाहें पैनी कर दीं। उसने इराक के हर सेकंड की गतिविधियों की जानकारी जुटानी शुरू की।

इसके साथ ही सी.आई.ए. ने सद्दाम हुसैन और उसके समर्थकों के बीच होनेवाली चर्चाओं की जासूसी भी शुरू की। इसके तहत इमारतों के अंदर व बाहर दोनों जगह सर्विलांस किया गया। दूसरे देशों के साथ इराक के रिश्तों और संकट के समय कौन-कौन उसके साथ खड़ा होगा, यह जानकारी भी जुटाई गई।

जब इन सभी सूचनाओं का एक साथ विश्लेषण किया गया तो वे एक बात स्पष्ट रूप से समझ गए कि सद्दाम हुसैन को हलके में नहीं लिया जा सकता।

सद्दाम के भाषणों में चिनगारी होती थी। उसके अंदर किसी के लिए आदर या डर का भाव नहीं था। किसी भी स्थिति में वह सिर्फ ये देखता कि इससे उसके देश और उसे कितना लाभ होगा? ऐसा नहीं होने पर वह किसी को भी दुश्मन बनाने से नहीं हिचकता था।

हालाँकि, किसी में भी सी.आई.ए. के सामने यह कहने का साहस नहीं था। खुद अमेरिका का भी यही चरित्र था। इसलिए उन्होंने अपने मुख्यालय को बस, इतनी सूचना भेजी कि सद्दाम हुसैन 'सुपर पावर' बनने की कोशिश कर रहा है।

सी.आई.ए. के पूर्व निदेशक जॉर्ज बुश उस समय अमेरिका के उप-राष्ट्रपति थे। वह सद्दाम हुसैन के बारे में सबकुछ जानते थे। एक इंटेलिजेंस अधिकारी के अनुभव से वे जानते थे कि सद्दाम कौन है, कैसा है और क्या कर सकता है!

इसलिए वह राष्ट्रपति रोनाल्ड रीगन के पास गए और उन्हें चेताया, "सद्दाम पर भरोसा न करें।"

यह स्पष्ट नहीं है कि रीगन ने इस चेतावनी को कितनी गंभीरता से लिया! मगर अमेरिका इस बात से संतुष्ट था कि सद्दाम उस समय उसके लिए खतरा नहीं थे।

सन् 1990 के आरंभ से इराक की सैन्य गतिविधियाँ संदेहास्पद होने लगीं। सी.आई.ए. को संदेह हुआ कि सद्दाम एक विशेष योजना के तहत अपनी सैन्य टुकड़ियों को एक खास जगह पर एकत्र कर रहे हैं।

इतने वर्षों से इराक और सद्दाम की जासूसी से वे यह समझ चुके थे कि बिना किसी वजह के सद्दाम ऐसा नहीं करनेवाला। इसलिए सी.आई.ए. ने इराक की सैन्य गतिविधियों को और सूक्ष्मता से देखना आरंभ किया।

इराकी सेना कुवैत की सीमा पर अपनी ताकत बढ़ा रही थी। सी.आई.ए. ने इस बात को रेखांकित करते हुए अमेरिका को रिपोर्ट भेजी कि सद्दाम शायद कुवैत पर हमला कर सकते हैं।

कुवैत आरंभ से ही अमेरिका का समर्थक देश था। उससे भी बढ़कर, यदि इराक कुवैत को हथिया लेता तो अमेरिका को वित्तीय नुकसान उठाना पड़ सकता था।

इसलिए अमेरिका ने इस मामले में दखल देने का फैसला लिया। रोनाल्ड रीगन के बाद जॉर्ज बुश अमेरिका के राष्ट्रपति बन चुके थे। उन्होंने इराक स्थित अमेरिकी दूतावास के जरिए सद्दाम को संदेश भेजा—'कुवैत के साथ आपके जो भी मसले हैं, उसे हमें शांति के साथ हल करने दीजिए। कृपया इसमें कोई सैन्य कदम न उठाएँ।'

अगर इतने शालीन संदेश के बदले अमेरिका ने सीधे यह भी कहा होता कि 'कुवैत पर हमला करने की हिमाकत न करो' तब भी सद्दाम इसकी परवाह नहीं करनेवाले थे। उन्होंने बिना किसी फिक्र के कहा,

"किसने कहा कि मैं कुवैत को लेकर कोई योजना बना रहा हूँ? यह बकवास है!"

लेकिन हर किसी को पता था कि यह झूठ है। सी.आई.ए. ने संदेश भेजा कि 'इराक शायद अगले 24 घंटे में कुवैत में घुस जाएगा।'

कुवैत बेहद छोटा सा देश है। यदि सद्दाम उसे हथियाना चाह रहे थे तो इसके लिए छोटी सी सेना ही काफी थी। लेकिन हजारों इराकी सैनिकों ने उस देश को घेर लिया।

इराकी सेना ने 1 अगस्त, 1990 को कुवैत पर कब्जा कर लिया। सद्दाम हुसैन ने कुवैत को इराक का हिस्सा घोषित कर दिया।

अमेरिका अब ज्यादा देर शांत नहीं रह सकता था। वह उस युद्ध में शामिल हो गया।

'स्कड' और 'पैट्रियट' जैसी कई तरह की मिसाइलें उस खाड़ी युद्ध में इस्तेमाल की गईं। अमेरिकी सेना उस लड़ाई की हीरो थी। हमेशा की तरह परदे के पीछे से सी.आई.ए. उसकी मदद कर रही थी।

लेकिन खाड़ी युद्ध में सी.आई.ए. की भूमिका महत्त्वपूर्ण थी। युद्ध की समाप्ति पर राष्ट्रपति जॉर्ज बुश ने इस बात को स्वीकार किया।

यहाँ तक कि 'सर्वशक्तिमान' को भी नहीं पता था कि इराक की सेना और सद्दाम हुसैन आगे क्या करेंगे? लेकिन सी.आई.ए. ने किसी-न-किसी तरह उनके हर कदम को सूँघ लिया और अमेरिका तक संदेश भेजती रही।

इराक के अंदर उपग्रहों से ली गई तसवीरें चौबीसों घंटे सी.आई.ए. के मुख्यालय में घूमती रहती थीं। उन्होंने अपने एजेंटों, आधुनिक उपकरणों और जासूसों का उपयोग कर पल-पल की जानकारी अमेरिकी सेना और सरकार को मुहैया करवाई।

इसके पहले सी.आई.ए. मुख्यालय इराक के बारे में एक दिन में एक या कभी-कभी दो रिपोर्टें तैयार करता था। इससे अधिक कभी नहीं।

लेकिन खाड़ी युद्ध के दौरान हर घंटे रिपोर्ट तैयार होती थी। अमेरिका किसी लाइव क्रिकेट मैच की तरह इराक में चल रही हर घटना की जानकारी पाने में सक्षम था।

इस सफलता की मुख्य वजह यह थी कि सद्दाम हुसैन के कुवैत पर निशाना साधने से भी पहले से सी.आई.ए. ने इराक में अच्छी घुसपैठ कर ली थी। वर्षों से सद्दाम हुसैन की निगरानी कर रही सी.आई.ए. उनके अगले कदमों के बारे में सटीक अनुमान लगा लेती थी।

इस भविष्यवाणी के कारण अमेरिका को इराकी सेना की गतिविधि से लेकर टैंक, मिसाइल तथा अन्य हथियारों के निर्माण स्थल की सारी जानकारियाँ थीं। अमेरिका के लिए उन्हें तलाशकर उनका विध्वंस करना आसान था।

खाड़ी युद्ध के दौरान सी.आई.ए. का एक मुख्य कार्य इस बात पर नजर रखना था कि सद्दाम हुसैन की मदद के लिए कौन सामने आता है ?

मदद दो तरह की थी। पहली, ऐसे लोग, जो साफ कहते थे कि सद्दाम हुसैन का रास्ता सही है। इसलिए, हम उनका अनुसरण करेंगे और अपनी सेना उनकी मदद के लिए भेजेंगे।

इस तरह की मदद स्वाभाविक थी। दूसरी तरह की मदद खतरनाक किस्म की थी—ये वे लोग थे, जो इराक के दुश्मन की पहचानकर सीधे उस पर हमला कर सकते थे।

ऐसे कई थे, जो सद्दाम हुसैन को दूसरी तरह की मदद देने के लिए तैयार थे। कई देशों के आतंकी समूह अमेरिका और उसके मित्रों पर गुरिल्ला हमले करने के लिए तैयार थे।

सी.आई.ए. के आतंक-रोधी विभाग ने उन्हें सँभाल लिया। उन्होंने अपने इंटेलिजेंस विंग की मदद से ऐसे सौ से अधिक हमलों का पूर्वानुमान लगा लिया और संबंधित देशों की मदद से उन हमलों को रोकने में सफल हुए।

सी.आई.ए. के बिना अमेरिका उन हमलों का अनुमान नहीं लगा पाता और न ही उन्हें रोक पाता।

इसके कारण, युद्ध के अंत में सभी रिपोर्टों में सी.आई.ए. की तारीफों के पुल बाँधे गए। कुछ अपवादों को छोड़कर, खाड़ी युद्ध के दौरान सी.आई.ए. द्वारा जुटाई गई हर सूचना सटीक निकली थी।

उन सभी सूचनाओं में सबसे महत्त्वपूर्ण सूचना कुवैत पर इराक हमले के अनुमान की थी। इसके कारण अमेरिका को पहले ही अपनी राजनीतिक स्थिति स्पष्ट कर लेने का अवसर मिला।

अमेरिका की जीत में सी.आई.ए. का योगदान इसलिए भी बड़ा था, क्योंकि उसने युद्ध के दौरान न केवल इराकी सेना से जुड़ी जानकारी दी थी, बल्कि आतंकी हमलों से भी सतर्क किया था।

यद्यपि एक युद्ध के जारी रहने के दौरान सूचनाएँ जुटाने का काम सी.आई.ए. के लिए नया था, लेकिन उन्होंने इस जिम्मेदारी को बखूबी निभाया और अपने लिए सम्मान अर्जित किया।

लेकिन यह सबकुछ चंद दिनों के लिए ही था। एक बार जब खाड़ी युद्ध की यादें जनता के मन से धूमिल होने लगीं, वह फिर से सी.आई.ए. की जरूरत पर सवाल उठाने लगी।

सी.आई.ए. ने कहा, "प्रिय देशवासियो, ऐसा नहीं है कि सोवियत संघ के बाद हमारा कोई दुश्मन ही नहीं बचा है! हम पूरी दुनिया में आतंकी समूहों और उनकी गतिविधियों के बारे में सूचनाएँ जुटा रहे हैं। उनकी गतिविधियों पर लगाम लगाकर हम अमेरिका की सुरक्षा सुनिश्चित कर रहे हैं।"

लेकिन लोगों ने सी.आई.ए. पर भरोसा नहीं किया। उन्हें लगा कि सी.आई.ए. चंद मामूली संगठनों की निगरानी के नाम पर जनता के टैक्स के पैसे और समय की बरबादी कर रही है।

सौभाग्य से राष्ट्रपति जॉर्ज बुश सी.आई.ए. की जरूरत को भलीभाँति

समझते थे। वे आतंकवाद पर लगाम लगाने की जरूरत को भी समझते थे। वे इसका सही तरीके से इस्तेमाल करना चाहते थे।

इसलिए सी.आई.ए. को कोई तात्कालिक खतरा नहीं झेलना पड़ा। वे पहले की तरह दुनिया की जासूसी करती रही।

लेकिन इसका उद्देश्य क्या था? जिस 'आतंकी हमले' को वे रोकना चाहते थे, वह तो आखिरकार होकर रहा! यह सी.आई.ए. की अब तक की सबसे बड़ी नाकामी थी।

□

12

सुरक्षित नहीं

दुनिया वर्ष 2000 में प्रवेश करने वाली थी और दुनिया के कोने-कोने में सहस्राब्दी के स्वागत के कार्यक्रम हो रहे थे।

अमेरिकी राष्ट्रपति को सी.आई.ए. से एक पत्र मिला। वह नववर्ष का शुभकामना संदेश नहीं, बल्कि एक चेतावनी-पत्र था।

'हमारी जानकारी में आया है कि कई आतंकी समूह अमेरिका के मुख्य ठिकानों पर हमले की योजना बना रहे हैं। अमेरिकी धरती पर पाँच से लेकर पंद्रह हमले अगले कुछ महीनों में हो सकते हैं। सावधान रहें।'

यदि राष्ट्रपति को बिना किसी भूमिका के ऐसा संदेश मिले, जिससे लग रहा हो कि सी.आई.ए. अमेरिका को चेतावनी दे रही है, तो वह क्या कर सकते थे?

राष्ट्रपति ने इस चेतावनी का संज्ञान ले लिया और अपने नियमित कार्य में जुट गए। सी.आई.ए. ने भी अपना कर्तव्य निभा दिया और वह इसमें ज्यादा कुछ नहीं कर सकती थी।

यह एक या दो नहीं, बल्कि पाँच से पंद्रह हमलों की बात थी। सी.आई.ए. ने अनुमान लगाया था कि अमेरिका को हमलों की श्रृंखला झेलनी पड़ सकती थी।

लेकिन वे इस बात को लेकर स्पष्ट नहीं थे कि कौन अमेरिका पर हमला करने जा रहा था?

सी.आई.ए. के पास दुनिया के सभी आतंकी समूहों की जानकारियाँ मौजूद थीं। उस समय किसी के भी पास आतंकी समूहों की ऐसी विस्तृत जानकारी नहीं थी।

सी.आई.ए. ने इनमें से अमेरिका के दुश्मनों के रूप में कुछ को छाँटा और उनकी सूचना सरकार को दी।

सी.आई.ए. उन समूहों को नियंत्रित या नष्ट करने में खुद शामिल नहीं हो सकती थी। वह सिर्फ संबंधित देशों की सरकारों/सेना/पुलिस को जानकारी देकर उनकी मदद कर सकती थी।

सी.आई.ए. ने यही किया। जब भी वे किसी समूह को लेकर संदिग्ध होते, उस समूह के गृह राष्ट्र को इस बारे में जानकारी दी जाती और उसके अनुसार सुरक्षा की योजना बनाई जाती। मामले में सामान्य से कुछ अधिक सतर्कता बरती जाती।

हालाँकि, इतने प्रयास के बावजूद उन्हें सटीक रूप से यह पता नहीं लग पाया कि आखिर कौन सा समूह अमेरिका पर हमले की योजना बना रहा है? वे सिर्फ कुछ समूहों के बीच तुक्का लगाने में जुटे रहे।

अमेरिका के शासक किसी भी दूसरे देश के मुकाबले ज्यादा सतर्क होते हैं। उनकी यह सतर्कता उनके सभी विभागों, पुलिस, सेना, आंतरिक व बाहरी मुद्दों में झलकती है।

क्या ऐसे सावधान देश में कोई भी आतंकी समूह घुसपैठ करके बम धमाके कर सकता था? अमेरिका के अति आत्मविश्वास ने उनकी बढ़त को कम कर दिया था।

सी.आई.ए. जानती थी कि एक बड़ा धमाका होने वाला है, मगर वे यह नहीं जानते थे कि कौन उसे अंजाम देने वाला है?

दरअसल उनके पास यह सूचना भी थी, लेकिन वे इसका विश्लेषण करने से चूक गए थे।

वर्ष 1999 में जर्मनी की इंटेलिजेंस एजेंसी ने सी.आई.ए. से संपर्क

किया था। उन्होंने जर्मनी में संयोग से टेलीफोन पर हो रही एक आतंकी बातचीत को सुना था।

उन्होंने सी.आई.ए. को बताया कि कोई अमेरिका पर हमले की योजना बना रहा है। हमले की योजना बना रहे समूह के एक सदस्य का नाम मर्वन अलसेही था और उसका नंबर भी सी.आई.ए. को उपलब्ध कराया गया।

जर्मन इंटलीजेंस ने यह सूचना दी और मान लिया कि उन्होंने अपना कर्तव्य पूरा कर दिया है। उन्होंने सोचा कि अब सी.आई.ए. सबकुछ सँभाल लेगी।

सी.आई.ए. ने क्या किया? उन्होंने मर्वन का नाम व नंबर नोट किया और बाद में इस मुद्दे को भूल गए!

उन्हें भी इसके लिए दोष नहीं दिया जा सकता। उन्हें पूरे साल ऐसे कई आतंकियों के नाम, फोन नंबर और इ-मेल्स मिलते रहते थे। वे कैसे हर किसी के विवरण को सत्यापित कर सकते थे?

इसलिए भले ही सी.आई.ए. को अमेरिका पर हमले की योजना बना रहे समूह की टिप मिली हो, मगर वह इस बार चूक गई। उसे उस समय अपनी इस चूक से होनेवाले नुकसान का अंदाजा नहीं हुआ।

मर्वन अकेला नहीं था। उसके पीछे पूरी टीम और मजबूत सहयोग था। उनका एक नेता भी था, जो उनका नेतृत्व करने में सक्षम था—ओसामा बिन लादेन!

सी.आई.ए. को ओसामा बिन लादेन, उसके संगठन अल-कायदा, उसके मूल सिद्धांतों, आधारभूत ढाँचे, लड़ाई के प्रशिक्षण, लड़ाकों की संख्या, हथियारों की उपलब्धता समेत हर बात की पहले से जानकारी थी। सी.आई.ए. ने अमेरिका पर हमला करने में सक्षम समूहों की जो सूची बनाई थी, उसमें अल-कायदा का महत्त्वपूर्ण स्थान था।

लेकिन ये सभी बेहद आम जानकारियाँ थीं। सी.आई.ए. के पास

अल-कायदा की अगली चाल और तौर-तरीके के बारे में घटना के दिन तक कोई पुख्ता जानकारी नहीं थी।

कोई व्यक्ति गोरा है या काला, यह जानकारी होना और वह व्यक्ति शाम को 6 बजे क्या करने वाला है, यह जानकारी होना—दोनों में फर्क है। सी.आई.ए. इस फर्क को समझने में चूक गई।

वे यह जानते थे कि अल-कायदा और ओसामा बिन लादेन अमेरिका के खिलाफ कुछ कर सकते हैं; लेकिन वे यह नहीं जानते थे कि क्या यही वे लोग हैं, जो हमले की योजना बना रहे हैं? या अगर वे यह जानते भी थे तो उन्हें हमले की सटीक योजना की जानकारी नहीं थी।

क्या यह बेवकूफी भरा नहीं था? सी.आई.ए. अमेरिकी सरकार को कुछ भी विस्तार से नहीं बता सकी। उन्होंने बस, इतना भर बताया कि अमेरिका पर हमला होने वाला है।

हालाँकि, यह चेतावनी देने के बाद सी.आई.ए. ने हमले को टालने की पूरी कोशिश की; लेकिन चूँकि वो यह नहीं जानती थी कि हमला कौन कर सकता है, उसका ध्यान कई जगह बँट गया।

सी.आई.ए. के पास आतंकवाद-विरोध का करीब 15 वर्ष का अनुभव था। उसका इंटेलिजेंस नेटवर्क करीब-करीब पूरी दुनिया में था।

कई आतंकी समूहों की सूचनाएँ भी आ रही थीं। सैकड़ों आतंकी पकड़े गए। सी.आई.ए. ने दावा किया कि इस कवायद की वजह से हमले की कई योजनाएँ विफल की गईं।

लेकिन उसी समय, उनकी नाक के नीचे एक बड़ी साजिश रची गई और वे उसे भाँपने में विफल हो गए। साजिशकर्ता अमेरिका की धरती पर ही खुद को तैयार कर चुके थे!

'अल-कायदा' समूह के अंदर भी कुछ ही लोगों को योजना की जानकारी थी। ओसामा बिन लादेन ने योजना को बिना किसी अवरोध के सावधानीपूर्वक अंतिम रूप दिया था।

अतीत में सोवियत-अफगान युद्ध के दौरान अमेरिका/सी.आई.ए. ने अफगानिस्तान का साथ दिया था। अफगानिस्तान की आजादी के लिए काम करनेवाले चुनिंदा लोगों में ओसामा बिन लादेन भी एक था।

उस समय अमेरिका ओसामा को आतंकवादी नहीं मानता था। उन्होंने उसे एक ऐसे योद्धा के वर्ग में रखा था, जो सोवियत संघ को अफगानिस्तान से बाहर भेजने के लिए लड़ रहा था। उस समय वह उसे कोई भी सहायता देने के लिए तैयार था।

सोवियत संघ को अफगान युद्ध में हार झेलनी पड़ी थी और अमेरिका ने इसे बड़ी जीत माना था।

उस समय तक अमेरिका और बिन लादेन एक ही खेमे में थे। युद्ध की समाप्ति के बाद ही ये संबंध दुश्मनी में तब्दील हुए।

बिन लादेन का मानना था कि अफगानिस्तान से सोवियत संघ को बाहर भेजना किसी एक व्यक्ति या देश के कारण संभव नहीं हुआ था, बल्कि 10 वर्षों के दौरान कई युवाओं की कुरबानी और कड़ी मेहनत के कारण यह सफलता मिली थी।

ऐसी कुरबानियों को देखते हुए अमेरिका द्वारा इस जीत को सिर्फ अपनी जीत के रूप में देखते हुए खुशी मनाना बिन लादेन को पसंद नहीं आया। उसने फैसला किया कि अमेरिका उनके पक्ष में नहीं है।

बिन लादेन के संगठन 'अल-कायदा' का गठन इन घटनाओं से पहले हो चुका था। सोवियत-अफगान युद्ध के अंतिम चरण में ओसामा और उसके समूह ने बहुत योगदान दिया था।

सी.आई.ए. ओसामा के लड़ाकों को 'अल-कायदा' के गठन से पहले से ही हथियार व प्रशिक्षण दे रही थी। सी.आई.ए. ने उनकी मदद दूसरे आतंकी लड़ाकों की तर्ज पर ही की थी। उन्हें कोई खास तवज्जो या तरजीह नहीं दी गई थी।

लेकिन ओसामा ने इस अवसर का पूरा लाभ उठाया। सी.आई.ए. ने उसे सिखाया था कि रूस के बड़े शहरों पर कैसे हमला कर सकते

हैं, किस तरह राजनीतिक अव्यवस्था और गड़बड़ी फैलाई जा सकती है? ओसामा ने अपनी योजना बनाने में इन्हीं सीखों का इस्तेमाल किया।

सी.आई.ए. ओसामा बिन लादेन की मंशा नहीं भाँप पाई। इसलिए, अमेरिका को भी इसके बारे में पता नहीं चला। वे अल-कायदा को अफगानिस्तान का एक सामान्य आतंकी समूह भर मानते रहे। उनका हिसाब यही था कि चूँकि ओसामा का समूह सोवियत संघ का दुश्मन है, इसलिए वह अमेरिका का दोस्त है।

वे इस बात को नहीं समझ पाए कि ओसामा का गुस्सा सोवियत संघ के खिलाफ नहीं था, बल्कि इस तथ्य के खिलाफ था कि सोवियत संघ ने एक मुसलिम देश अफगानिस्तान में घुसपैठ की थी।

ओसामा बिन लादेन बहुत कड़े धार्मिक कट्टर सिद्धांतों के बीच बड़ा हुआ था, इसलिए वह इस्लाम के विरोध में होनेवाली किसी भी बात के खिलाफ खड़ा होता था। अमेरिका समझ नहीं पाया कि धर्म के मामले में ओसामा को किसी भी तरह रोका नहीं जा सकता।

इसलिए वह यही मानता रहा कि ओसामा उनकी तरफ है; लेकिन असलियत में वह एक गुप्त राह पर बहुत आगे निकल चुका था।

जब इराकी राष्ट्रपति सद्दाम हुसैन ने कुवैत पर हमला किया तो सऊदी अरब ने इसका विरोध किया। इसलिए सी.आई.ए. ने अनुमान लगाया कि सद्दाम सऊदी अरब पर भी हमला कर सकता है।

सऊदी के शाह ने डरकर अमेरिका से मदद माँगी। यह समझौता हुआ कि जब तक सद्दाम पराजित नहीं हो जाता, अमेरिका सऊदी की रक्षा करेगा।

सऊदी अरब में पैदा हुए और बड़े हुए ओसामा बिन लादेन को यह समझौता पसंद नहीं आया। हम अपनी रक्षा के लिए दूसरों पर निर्भर क्यों रहें, वह भी अमेरिका पर? क्या यह शर्म की बात नहीं है कि हम अपनी पवित्र सऊदी अरब की धरती पर उन्हें पैर रखने देंगे?

ओसामा ने कहा, "मैं सद्दाम हुसैन से निबट लूँगा।" लेकिन सऊदी के शाह ने उसका प्रस्ताव ठुकरा दिया।

बिन लादेन हतोत्साहित हो गया। वह इस बात से परेशान था कि शाह उस पर भरोसा नहीं कर रहे! उससे भी बढ़कर उसकी चिंता यह थी कि रक्षा के नाम पर अमेरिकी सेना पता नहीं यहाँ क्या करेगी!

सऊदी के शाह के अनुरोध पर अमेरिकी सेना की एक टुकड़ी वहाँ जम गई थी। वे पूरे देश में हथियार लिये पेट्रोलिंग करते थे।

खाड़ी युद्ध के दौरान सद्दाम को अपने ही देश में कई तरह की चुनौतियों और विरोध का सामना करना पड़ा, इसलिए उसने सऊदी अरब पर प्रत्यक्ष या परोक्ष हमले का कोई प्रयास नहीं किया।

आखिरकार, युद्ध समाप्त हुआ। सद्दाम की हार हुई। सद्दाम की ओर से अब सऊदी अरब को कोई खतरा नहीं था। ऐसे में, अमेरिका की सेना को लौट जाना चाहिए था।

लेकिन जैसा कि बिन लादेन को उम्मीद थी, अमेरिकी सैनिकों ने सऊदी अरब नहीं छोड़ा। वे सऊदी अरब में जम गए, और सऊदी शाह को भी इसकी कोई परवाह नहीं थी।

ओसामा अपने गुस्से को दबा नहीं सकता था। वह समझ गया कि सऊदी सरकार अमेरिका से और फायदे लेना चाहती है, इसलिए वह सऊदी में अमेरिकी सेना की स्थायी उपस्थिति से परेशान नहीं है। ओसामा ने तय किया कि इस समय से वह सऊदी सरकार के विरुद्ध काम करेगा।

सऊदी के शाह अमेरिका के दोस्त थे, इसलिए वह उसके भी दुश्मन थे।

ओसामा बिन लादेन, जो कि उस समय तक सिर्फ एक उग्रवादी था, इसके बाद अमेरिका के लिए आतंकवादी हो गया।

सी.आई.ए. को उस समय तक आतंकवाद-विरोधी गतिविधियाँ चलाते कई साल हो चुके थे, मगर उसने अब तक अल-कायदा को नियंत्रित करने की कोशिश नहीं की थी। वे उसके बारे में सिर्फ सूचनाएँ

जुटाते थे, लेकिन अमेरिकी सरकार को रिपोर्ट नहीं करते थे और न ही सऊदी सरकार की मदद से उस पर प्रतिबंध लगाने की कोशिश की थी।

बिन लादेन ने सऊदी अरब के खिलाफ 'मौत का फतवा' जारी किया। सी.आई.ए. समझ गई कि उसका अगला निशाना अमेरिका होगा!

इसके बाद सी.आई.ए. ने अल-कायदा पर करीबी नजर रखनी शुरू कर दी। ओसामा इससे परेशान नहीं हुआ और उसने अमेरिका के खिलाफ अपनी गतिविधियाँ जारी रखीं।

सऊदी अरब के बाद अल-कायदा ने अमेरिका के खिलाफ भी फतवा जारी किया। जब सी.आई.ए. को इस बारे में पता चला, तब उसने ओसामा के बारे में पहली चेतावनी अमेरिकी सरकार को भेजी।

पहले फतवे का संदेश स्पष्ट था। अल-कायदा ने चेतावनी दी थी कि अमेरिकी सेनाएँ सऊदी अरब से हट जाएँ। ऐसा नहीं करने पर उन्हें बलपूर्वक हटा दिया जाएगा।

अमेरिकी इसे पढ़कर जोर से हँसे। उन्होंने इस बात का मजाक बनाया कि एक गुप्त समूह, जिसकी कोई खास पहचान नहीं है, अमेरिका को सऊदी अरब से निकालने की धमकी दे रहा है!

उससे भी बढ़कर, सिर्फ ऐसे ही लोग किसी नियम का उल्लंघन होने पर फतवा जारी कर सकते थे, जिन्होंने इस्लामी शरिया को ठीक से पढ़ा हो! इसलिए अमेरिकियों ने यह मानकर बात खत्म समझी कि बिन लादेन द्वारा भेजा गया यह कोई फतवा नहीं, बल्कि एक नोटिस है।

इसके बाद भी सी.आई.ए. ने ओसामा की निगरानी से अपनी नजरें नहीं हटाईं। वे ओसामा के पहले पाकिस्तान और वहाँ बेनजीर भुट्टो सरकार द्वारा पड़े दबाव के बाद सूडान जाने की निगरानी करते रहे। यह वो समय था, जब अल-कायदा की शाखाएँ और भाईचारे वाले समूह पूरी दुनिया में कुकुरमुत्ते की तरह उग रही थीं। बिन लादेन उन सभी समूहों को एकजुट करके एक मजबूत नेटवर्क बना रहे थे।

दिसंबर 1992 में अल-कायदा ने अदन बंदरगाह पर उतरी अमेरिकी

सेना पर बमों से हमला किया। संयोग से, उस हमले में किसी अमेरिकी सैनिक की मौत नहीं हुई।

अल-कायदा ने अगले साल ऐसे ही हमले की योजना बनाई। इस बार हमले की जगह अमेरिका की धरती ही थी।

ओसामा का निशाना न्यूयॉर्क शहर में वर्ल्ड ट्रेड सेंटर की इमारत थी। 26 फरवरी, 1993 को उस इमारत के बेसमेंट में शक्तिशाली बम धमाका हुआ।

लेकिन इसके बाद भी वहाँ अल-कायदा की उम्मीद के अनुसार नुकसान नहीं हुआ। उस बम धमाके में कुछ ही लोग मारे गए। इससे भी बढ़कर, अमेरिका ने धमाके में शामिल अल-कायदा के कुछ सदस्यों का पता लगा लिया और उन्हें पकड़ लिया गया।

अल-कायदा के बाद के हमलों के मुकाबले वे शुरुआती धमाके बचकाने और विफल कहे जा सकते हैं।

लेकिन इन दो धमाकों से अमेरिका को समझ आ गया कि ओसामा को नजरअंदाज नहीं किया जा सकता। सी.आई.ए. ने अल-कायदा के खिलाफ अपनी जाँच और बढ़ा दी।

इस समय तक अल-कायदा के नेटवर्क की ताकत बहुत बढ़ गई थी। संगठन के अंदर ओसामा के लिए एक विश्वासपात्र सर्कल बन गया था। उनकी सभी योजनाएँ इसी आंतरिक समूह में तैयार होती थीं।

सी.आई.ए. को इस सूचना की जरूरत थी। जब तक उन्हें यह पता नहीं चलता कि अल-कायदा किस पर और कब हमला करेगा, वे अपनी जानकारी का इस्तेमाल नहीं कर सकते थे।

इसलिए सी.आई.ए. ने अपने एजेंटों के जरिए अल-कायदा में घुसपैठ की कोशिश शुरू की। उन्होंने उनमें से कुछ लोगों को घूस देने की भी कोशिश की और उन्हें अपना जासूस बना लिया।

अपनी कोशिशों में सी.आई.ए. को कुछ सफलता मिली, लेकिन वह आंतरिक समूह में किसी को तोड़ने में कामयाब नहीं हो पाई।

इसलिए सी.आई.ए. को अल–कायदा के बारे में केवल सतही जानकारियाँ ही मिलीं। वह असली हमलों के बारे में कोई जानकारी नहीं हासिल कर पाई।

ऐसा बिन लादेन की कूटनीतिक चाल के कारण हुआ। उसकी आदत थी कि हमले की योजना से लेकर 'कौन और कहाँ' जैसी बातों में सिर्फ उन्हीं लोगों को शामिल करता था, जिनकी हमले के दौरान जरूरत पड़नी होती थी।

यहाँ तक कि आंतरिक समूह में एक सूचना किसी एक को मालूम होती थी तो दूसरे को नहीं मालूम होती थी। बिन लादेन शायद अकेला व्यक्ति था, जिसके पास सारी सूचनाएँ होती थीं और स्वाभाविक रूप से सी.आई.ए. उसे तो घूस देकर अपने साथ नहीं ला सकती थी!

ओसामा बिन लादेन ने अपने गुप्त मिशनों को अतिरिक्त सुरक्षा देने के बाद अल–कायदा के ढाँचे को और मजबूती देने की ओर कदम बढ़ाया। उसके आक्रामक भाषणों को सुनकर कई युवा अल–कायदा में भरती होने लगे।

इसके बाद ही ओसामा बिन लादेन ने अमेरिका के खिलाफ बोलना आरंभ किया। उसने सन् 1998 में अमेरिका के खिलाफ अगला फतवा दिया।

इस फतवे के बारे में जानने के लिए सी.आई.ए. की जरूरत नहीं पड़ी। अल–कायदा ने खुली धमकी दी, "अमेरिका! सावधान।"

"अमेरिका ऐसा देश है, जो खुदा के खिलाफ है। इसलिए जब भी आप किसी अमेरिकी को देखें तो उसे मार डालें। यह सभी मुसलिमों का कर्तव्य है।"

इससे बढ़कर सीधी चेतावनी कोई नहीं हो सकती थी। पिछली बार ओसामा ने अमेरिकी सेना को धमकी दी थी। इस बार उसने सभी अमेरिकियों, जिसमें सैनिक और आम लोग शामिल थे, को निशाने पर लिया था।

यह क्या बकवास है ? अमेरिकियों ने ओसामा का क्या बिगाड़ा है ? क्यों उसे सभी को मारना चाहिए ?

"जो भी अमेरिका में पैदा हुआ है, वह हमारा दुश्मन है।" ओसामा ने कहा।

वह यहीं नहीं थमा और धमकी दी, "अमेरिका के खिलाफ हमारी लड़ाई दूसरे तरीकों से भी जारी रहेगी।"

वह बस धमकी देकर शांत नहीं हुआ। हजारों युवा अल-कायदा में शामिल हो गए थे। कई अन्य समूह उसकी सहायता कर रहे थे। इंटेलिजेंस डाटा के अनुसार, उनमें से कई तो फर्जी पहचान के सहारे अमेरिका में दाखिल हो चुके थे। सी.आई.ए. के पास सूचना थी कि वे खुद हथियार, बम और यहाँ तक कि गोपनीय रूप से परमाणु हथियार तक बनाने में जुटे थे।

ओसामा का एकमात्र लक्ष्य अमेरिका में भीषण हमला और भारी नर-संहार करना था। उसकी समझ थी कि अमेरिकियों को और किसी तरह से अपने नियंत्रण में नहीं लाया जा सकता।

सी.आई.ए. को अल-कायदा की तेज रफ्तार वृद्धि, उनके संसाधन, उनके कैंपों की स्थिति और प्रशिक्षण आदि के बारे में पुख्ता जानकारी मिल गई थी। लेकिन वह ओसामा के अगले लक्ष्य के बारे में नहीं जान सकी थी, जो उस समय अफगानिस्तान में था।

इसके साथ ही अल-कायदा ने सी.आई.ए. को गुमराह करने के लिए कई गतिविधियाँ कीं। उन्होंने अमेरिका के अलग-अलग हिस्सों में हमले की योजनाओं की खबरें लीक कीं। कई नाम, पते और फोन नंबर सी.आई.ए. के पास पहुँचे।

उनमें से अधिकांश फर्जी या बदली हुई सूचनाएँ थीं। 9/11 के हमले के बाद जब जाँच टीम ने सी.आई.ए. को मिली जानकारियों के बारे में जानना चाहा तो उन्हें ऐसी हजारों रिपोर्टें सौंपी गईं।

सी.आई.ए., जो कि लंबे समय से फर्जी सूचनाओं को देख रही

थी, की रुचि उनमें खत्म हो गई थी। यदि ऐसे में कोई उनके पास आकर कहता कि 'ओसामा के लोग चार हवाई जहाज हाईजैक कर अमेरिका की महत्त्वपूर्ण इमारतों पर गिराने की योजना बना रहे हैं', तो उसे भी सी.आई.ए. फर्जी सूचना मानती!

ओसामा बिन लादेन ने इसी बात की उम्मीद की थी। उसने एक अनपेक्षित समय और अकल्पनीय तरीके से हमले की योजना को अंतिम रूप दिया। उसके द्वारा हमले के लिए जो दिन चुना गया, वह था 11 सितंबर, 2001।

इतनी सुरक्षा के बावजूद 9/11 के हमले से सी.आई.ए. का कोई लेना-देना नहीं था। लेकिन वह जानकारी हासिल करने से कैसे चूक सकती थी कि उसकी धरती पर इतने भीषण हमले की योजना बन रही है?

अल-कायदा की सोच इमारत में बम लगाने से बढ़कर हवाई जहाज को ही विशाल आकार के बम में बदल देने तक पहुँच गई थी। चूँकि पहले ऐसे किसी हमले का इतिहास नहीं रहा था, इसलिए सी.आई.ए. ही नहीं, किसी ने भी नहीं सोचा था कि इस हमले से इमारत पूरी तरह धराशायी हो जाएगी!

यदि सी.आई.ए. गोपनीय सूचनाएँ निकालने की विशेषज्ञ थी तो अल-कायदा सूचनाएँ छिपाने का विशेषज्ञ था। अल-कायदा के आंतरिक समूह में कुछ ही लोगों को अमेरिका पर होनेवाले इस हमले के बारे में जानकारी थी।

यहाँ तक कि जिन युवाओं को हवाई जहाज का अपहरण कर अमेरिकी ठिकानों पर क्रैश करने का प्रशिक्षण दिया गया था, उन्हें भी नहीं पता था कि उनके अलावा और कौन-कौन इसमें शामिल है? हमले का समय भी पूरी तरह गोपनीय रखा गया था।

अमेरिका की दो इंटेलिजेंस एजेंसियों—सी.आई.ए. और एफ.बी. आई. के आंतरिक मतभेदों ने भी अल-कायदा की मदद की। सी.आई.ए.

देश के बाहर अल-कायदा की गतिविधियों पर नजर रखती, जबकि एफ.बी.आई. देश के अंदर। ओसामा ने इन दोनों के बीच से अपना रास्ता बनाया।

वह ऐसे कि जब वह देश के बाहर कोई गतिविधि करते थे तो सी.आई.ए. पता लगा लेती थी; लेकिन सी.आई.ए. अमेरिका के अंदर अल-कायदा की गतिविधियों की परवाह नहीं करती थी। एफ.बी.आई. इसका ठीक उलटा करती थी और विदेशों में अल-कायदा की गतिविधियों पर ध्यान नहीं देती थी।

इसलिए अल-कायदा ने तय किया कि बाहर से कुछ लोगों को लाकर इन दोनों एजेंसियों के काम के बीच घुसा दिया जाए। उनकी योजना थी कि सी.आई.ए. और एफ.बी.आई. के बीच डाटा का आदान-प्रदान होने से पहले हमले को अंजाम दे दिया जाए।

सबकुछ बिन लादेन की योजना के अनुसार अच्छी तरह हुआ। योजना के तहत 19 युवाओं को चुना गया था और उन्हें अलग-अलग अमेरिका में भेज दिया गया। उनमें से कुछ को हवाई जहाज उड़ाने का प्रशिक्षण दिया गया था, जबकि शेष रोज केवल कसरत करके अपना शरीर मजबूत बना रहे थे।

सी.आई.ए. को इनमें से कुछ पर शक भी हुआ। जब तक वे अमेरिका के बाहर थे, सी.आई.ए. ने बदमाश मानकर उनका पीछा किया।

लेकिन अल-कायदा के ये रंगरूट सी.आई.ए. वालों से पीछा छुड़ाकर अमेरिका में दाखिल हो गए। जब वे अमेरिका में दाखिल हो गए, तब उनके और सी.आई.ए. के बीच कोई संपर्क नहीं रह गया। एफ.बी.आई. और दूसरी एजेंसियों ने उन पर शक नहीं किया।

इसी समय के करीब सी.आई.ए. को अधूरी सूचनाएँ मिलनी शुरू हुईं। उन्हें पता चला कि अल-कायदा और उसके सहयोगी समूह किसी बड़े हमले की योजना बना रहे हैं। हमले के बारे में आपस में वे कोडवर्ड

में बात करते और इस बात को लेकर प्रसन्नता जताते कि यह यादगार हमला होगा!

यह जानकारी सी.आई.ए. की दैनिक रिपोर्ट में अमेरिकी राष्ट्रपति को भेजी गई थी। हालाँकि, सी.आई.ए. हमले की तारीख नहीं बता पाई थी, लेकिन वह लगातार ये कहती रही कि अल–कायदा बड़ी योजना पर काम कर रहा है।

लेकिन हमेशा की तरह अमेरिकी सरकार ने इसे गंभीरता से नहीं लिया। उन्हें लग रहा था कि अल–कायदा किसी दूसरे देश में अमेरिकी दूतावास पर या फिर अमेरिका के किसी मित्र देश के शासक को बम का निशाना बनाएगा। किसी ने नहीं सोचा था कि बम उनकी अपनी ही धरती पर गिरेगा!

11 सितंबर, 2001 को अल–कायदा ने अपनी योजना को पूरी सफलता से अंजाम दिया। अल–कायदा के 19 लड़ाकों ने चार अमेरिकी हवाई जहाजों का अपहरण कर लिया। उनमें से दो को न्यूयॉर्क के वर्ल्ड ट्रेड सेंटर की जुड़वाँ इमारतों से टकरा दिया गया। तीसरे ने अमेरिकी सेना के मुख्यालय पेंटागन पर हमला किया और चौथा अपने लक्ष्य से चूककर पेनसिल्वेनिया में क्रैश हो गया।

अमेरिका इन हमलों से हिल गया। उनके इस अहं को गहरी चोट पहुँची थी कि वे सुपर पावर हैं और कोई चीज उन्हें प्रभावित नहीं कर सकती।

ओसामा को भी यही उम्मीद थी। अल–कायदा ने जो छोटे–मोटे हमले अब तक किए थे, वे ट्रेलर थे। उसकी स्पनिल परियोजना असली फिल्म थी और यह बहुत बड़ी हिट साबित हुई थी।

अमेरिका चिंता से अधिक सदमे में था। खुद के पूरी तरह सुरक्षित होने के कारण उनके दिमाग में जो शांति का भाव था, वह ध्वस्त हो गया था। वे इस बात को लेकर परेशान थे कि आगे क्या होगा?

लेकिन यह सदमा और असुरक्षा का भाव अगले दिन गुस्से में

बदल गया। उन्होंने अपनी इंटेलिजेंस एजेंसियों को लताड़ लगाई, "चंद युवक हमारे देश में घुसकर हम पर हमला कर गए! इंटेलिजेंस क्या कर रहा था?"

चूँकि यह स्थानीय हमला था, इसलिए पहला निशाना एफ.बी.आई. बनी। उनकी इस बात के लिए आलोचना की गई कि उन्होंने बाहरी लोगों को देश में प्रवेश कर हमला करने का अवसर दिया और हमले का अनुमान लगाने तथा उन्हें पकड़ने में विफल रहे।

अगले तीर सी.आई.ए. पर चले। भले ही हमला देश के अंदर हुआ था, मगर उसकी योजना तो देश के बाहर बनी थी! उनसे सवाल पूछे गए कि आखिर वे ओसामा बिन लादेन की योजना का पता लगाने में कैसे चूक गए?

सी.आई.ए. ने पहले ही कई बार सरकार को हमले की चेतावनी देनेवाली रिपोर्ट दी थी। अगर सरकार उस चेतावनी पर कदम उठाने से चूक गई तो इसके लिए सी.आई.ए. को कैसे जिम्मेदार ठहराया जा सकता था?

उससे भी बढ़कर, सोवियत संघ के पतन के बाद सी.आई.ए. की जिम्मेदारियाँ बेहद सीमित कर दी गई थीं। कई मामलों में उसके हाथ पूरी तरह बाँध दिए गए थे। इसलिए वह सिर्फ जानकारी जुटानेवाले केंद्र के रूप में काम कर रही थी। हालाँकि, कई बहाने बनाए जा सकते थे, मगर 9/11 के हमले की पहले से जानकारी नहीं होना अमेरिकी इंटेलिजेंस की सबसे बड़ी विफलता थी। इस विफलता के बाद ही अन्य सुरक्षा एजेंसियों की चूकें भी सामने आईं।

9/11 हमले के बाद अमेरिका ने आतंकवाद के खिलाफ जंग का ऐलान किया। इसमें सी.आई.ए. को उसकी मदद करनी थी।

अमेरिकी राष्ट्रपति जॉर्ज डब्ल्यू. बुश (सी.आई.ए. के पूर्व निदेशक नहीं, बल्कि उनके बेटे और तत्कालीन राष्ट्रपति) ने सी.आई.ए. के बजट और उसके अधिकारों में बढ़ोतरी की।

9/11 के हमले के बाद अमेरिका को कई नुकसान हुए, मगर सी.आई.ए. के अनुसार, अच्छी बात यह थी कि अमेरिका में उसका महत्त्व फिर से बढ़ गया।

कोई भी अब यह सवाल नहीं कर सकता था कि सी.आई.ए. को इतनी ताकत या अरबों डॉलर क्यों दिए जा रहे हैं? अमेरिकियों की समझ में आ गया था कि देश की सुरक्षा किसी भी चीज से ज्यादा जरूरी है और इसके लिए शक्तिशाली इंटेलिजेंस एजेंसी की आवश्यकता है।

हालाँकि, यह समझदारी नीतियों की वजह से नहीं, बल्कि डर के प्रभाव से आई थी।

□

13
महिला जासूस

कमरा उत्साही युवाओं से भरा था। हर किसी ने सी.आई.ए. में काम करने के लिए आवेदन दिया था। सभी साक्षात्कार देने और गुप्तचरी के काम के स्वप्नों में उतर रहे थे।

सुबह से कई अधिकारी उन्हें संबोधित कर चुके थे और सी.आई.ए. के अलग-अलग विभागों के कार्यों के बारे में विस्तार से बता चुके थे। ये उत्साही नौजवान हलके सदमे में थे।

सी.आई.ए. की ओर से संबोधित करने का अगला नंबर एक गर्भवती महिला अधिकारी का था। उसने बड़े उत्साह से अपने विभाग के बारे में बताना आरंभ किया।

इंटेलिजेंस विभाग में एक महिला अधिकारी! युवकों की आँखें फैल रही थीं। जो समूह उसकी ओर आश्चर्य से देख रहा था, वह उसकी बातें सुनकर मंत्रमुग्ध होने लगा।

सिर्फ सी.आई.ए. ही नहीं, बल्कि पूरी दुनिया में यही सोच है कि इंटेलिजेंस विभाग सिर्फ पुरुषों के लिए है।

फिल्मों में दिखाए जानेवाले लंबे ओवरकोट, हैट पहने तथा इलेक्ट्रॉनिक गैजेट्स लिये जासूसों की दुनिया में महिला छवि के लिए कोई स्थान नहीं है।

लेकिन सच यह है कि महिलाएँ सी.आई.ए. के गठन से भी पहले से

अमेरिकी इंटेलिजेंस का हिस्सा रही हैं। सी.आई.ए. के संस्थापक डोनोवेन अपने समय में इस मामले में व्यापक दृष्टिकोण रखते थे।

डोनोवेन के ओ.एस.एस. में सिर्फ महिलाओं के लिए ही नहीं, बल्कि अमेरिका में शरण लेनेवाले अल्पसंख्यक प्रवासियों और अनाथ बच्चों के लिए भी जगह थी।

इन्हें शामिल करने के पीछे की वजह सिर्फ दया नहीं थी। डोनोवेन मानते थे कि इंटेलिजेंस का काम सभी के लिए एक जैसा है। इसलिए वे दृढ़ता से यह मानते थे कि किसी को भी दक्ष एजेंट या जासूस बनाया जा सकता है।

इसलिए दूसरे विश्व युद्ध के समय से ही अमेरिका ने इंटेलिजेंस के काम में महिलाओं का इस्तेमाल शुरू कर दिया था और महिलाओं का चयन क्लर्क के काम के लिए नहीं, बल्कि फील्ड एजेंट के तौर पर होता था।

इंटेलिजेंस के काम में फील्ड में दो तरह के लोग होते हैं—अधिकारी और एजेंट।

इनमें से एजेंट्स दुश्मन देश के आंतरिक घेरे में घुसपैठ कर सूचनाएँ निकालते हैं। अधिकारियों का काम उन एजेंटों का चयन कर उन्हें नियुक्त करना होता है।

इन अधिकारियों को 'केस ऑफिसर' कहा जाता है। वे मुख्य रूप से दूसरे देशों में काम करते हैं और उनका काम बेहद महत्त्वपूर्ण होता है।

कई महिलाएँ ओ.एस.एस. के समय और बाद में सी.आई.ए. में भी इन अधिकारियों के रूप में काम करती रही हैं। इसके लिए उन्हें एक अलग संस्कृति, अलग आदतों और अलग भाषा वाले माहौल में काम करने की जरूरत होती है।

इन अधिकारियों का मुख्य कार्य यह पता लगाना होता है कि विदेशी नागरिकों में कौन लोग अमेरिका के पक्ष में काम करने के लिए तैयार हैं? उन्हें यह पता लगाना होता है कि इनमें से किसे पैसे की जरूरत है?

उन्हें अपने लिए काम करने को कैसे तैयार कर सकते हैं और कैसे उन्हें उकसाया जा सकता है?

इन अधिकारियों के लिए यह जरूरी होता है कि वे संभावित एजेंटों/जासूसों पर लगातार निगाह रखें और उनके साथ संपर्क बनाए रखें। उन्हें इस बात का भी सावधानी से निर्धारण करना होता है कि संभावित एजेंट वास्तव में दक्ष है या नहीं? उसमें गोपनीय सूचनाएँ जुटाने का हौसला है या नहीं, या कहीं वह फर्जी तो नहीं है? सिर्फ बेहद सतर्क जाँच के बाद ही किसी एजेंट को इंटेलिजेंस का काम सौंपा जाता है।

महिलाओं में आमतौर पर ये सभी खूबियाँ होती हैं। वे स्वभाव से ही सतर्क होती हैं और आसानी से यह पता लगा लेती हैं कि किस पर भरोसा कर सकते हैं और कौन सी सूचना कितनी सत्य है या किस हद तक सत्य है!

इसलिए दूसरे विश्व युद्ध के दौरान कई महिलाओं ने ओ.एस.एस. के कर्मी के रूप में दक्षता से कार्य किया। राजनीतिक कारणों से उनकी जानकारी जनता के सामने सार्वजनिक नहीं की गई।

जब ओ.एस.एस. को भंग कर सी.आई.ए. का गठन किया गया तो कई महिला अधिकारियों ने संगठन में महत्त्वपूर्ण योगदान दिया; लेकिन विश्व युद्ध समाप्त होने के बाद जासूसी गतिविधियाँ सुस्त हो गईं।

सी.आई.ए. में कार्यरत महिलाएँ इस दौरान सबसे बुरी तरह प्रभावित हुईं। यहाँ तक कि जो महिलाएँ विश्व युद्ध के दौरान बेहतरीन कार्य कर चुकी थीं, वे भी अब तलवार की धार पर थीं। सभी इस तरह व्यवहार कर रहे थे, मानो उनकी प्रतिभा की अब सी.आई.ए. को जरूरत नहीं थी!

इससे भी बढ़कर, सी.आई.ए. के परिसर में यह बात चल निकली थी कि इंटेलिजेंस पुरुषों का काम है। इसलिए अगले 40 वर्षों तक सी.आई.ए. पर पुरुषों का दबदबा रहा।

सी.आई.ए. का सारा कार्य अमेरिका के बाहर था और वे खुद

ही यह तय कर चुके थे कि महिलाएँ दूसरे देशों में जाकर चुनौतीपूर्ण इंटेलिजेंस कार्य करने के लिए उपयुक्त नहीं थीं।

इसलिए इस दौरान सी.आई.ए. में नौकरी करनेवाली महिलाओं को सिर्फ डेस्क का काम सौंपा जाता था। अन्य सभी बड़ी जिम्मेदारियाँ पुरुषों के बीच बँट जाती थीं।

कई लोगों ने इस बात को लेकर विरोध करना आरंभ किया कि दूसरे विभागों की तरह सी.आई.ए. में भी महिलाओं को उपेक्षित किया जा रहा है। चूँकि सी.आई.ए. एक गुप्त संगठन है, इसलिए यह विरोध जल्दी ही शांत कर दिया गया।

इसके बावजूद सी.आई.ए. की महिलाओं ने उम्मीद नहीं हारी। वे अपनी इस बात पर अड़ी रहीं कि महिलाएँ भी दक्षता से फील्ड इंटेलिजेंस का कार्य कर सकती हैं।

90 के दशक के आरंभ में चीजें बदलनी शुरू हुईं। कुछ महत्त्वपूर्ण महिला अधिकारी, जो बदलाव की वजह बनीं, उनमें से एक थी—जीनी वर्टेफ्यूइली।

जीनी ने सी.आई.ए. में निचले स्तर पर जॉइन किया था और बाद में महत्त्वपूर्ण पदों पर रही; लेकिन उसे देखकर कोई नहीं बता सकता था कि वह जासूस भी हो सकती थी!

मासूम चेहरे ने जीनी की बहुत मदद की। सी.आई.ए. में उसने बिना किसी को शक हुए कई महत्त्वपूर्ण कार्य निबटाए। वह धैर्य और स्थायित्व से भरी कड़ी मेहनत करनेवाली महिला थी।

सन् 1986 में उसे एक बड़ा काम सौंपा गया। मॉस्को में सी.आई.ए. के कई एजेंट और जासूस अचानक गायब हो गए थे। उनके गायब होने के पीछे कारण यह था कि कोई सी.आई.ए. के राज सोवियत संघ को बेच रहा था। सी.आई.ए. को उस शख्स की पहचान करनी थी।

जब अमेरिका और सोवियत संघ एक-दूसरे के खिलाफ थे, तब

दोनों के बीच काम कर रहे जासूसों की चाँदी थी। वे दोनों को सूचनाएँ बेचकर पैसे कमा रहे थे।

लेकिन ऐसे गद्दार को तलाशना बड़ा काम था। यह किसी सामान्य जासूस द्वारा छोटी सूचना के आदान-प्रदान जैसा नहीं था। सोवियत संघ अति गोपनीय सूचनाओं तक भी पहुँच सकता था।

"दोषी हम में से ही एक होना चाहिए।" जीनी ने कहा। लेकिन सी.आई.ए. उसकी राय को मानने में या तो हिचक रही थी या डर रही थी।

इसलिए सी.आई.ए. ने उसे मामले की जाँच करने के लिए एक बहुत ही छोटी टीम दी। उसमें जीनी के अलावा सिर्फ तीन महिलाएँ और शामिल थीं।

जीनी के नेतृत्व में उस टीम ने उन सूचनाओं की सूची बनाई, जो सोवियत संघ में लीक हुई थी। उन्होंने एक दूसरी सूची सी.आई.ए. के उन सदस्यों की बनाई, जिनकी पहुँच इन सूचनाओं तक थी। इसके बाद इस टीम ने दोनों सूचियों के आधार पर अपनी जाँच शुरू की।

यह भूसे में सूई तलाशने जैसा काम था; मगर जीनी ने हार नहीं मानी। उसने अपनी टीम का हौसला बढ़ाया और प्रयास जारी रखा। यह तलाश फाइलों और कंप्यूटर पर जारी रही।

करीब ढाई साल तक काम करने के बाद उन्हें अपनी जाँच में सफलता मिली। सी.आई.ए. के एक अधिकारी एल्ड्रिच एमिस के बारे में पता चला कि वह अपनी कमाई से ज्यादा पैसे उड़ा रहा है।

जीनी ने इस छोटी सी जानकारी के आधार पर अपनी जाँच आगे बढ़ाई। पता चला कि एमिस के बैंक खाते में भारी-भरकम राशि जमा है। उसके मासिक वेतन और उसकी संपत्तियों तथा हर महीने के उसके खर्च में कोई तालमेल नहीं था।

इन सभी खुलासों का विश्लेषण करने से जीनी समझ गई कि एमिस ही सी.आई.ए. के अंदर दुश्मन का जासूस है। लेकिन सी.आई.ए. के पास उसे गिरफ्तार करने और पूछताछ करने का अधिकार नहीं था।

इसलिए जीनी ने बिना किसी हिचकिचाहट के एफ.बी.आई. से संपर्क किया। उसने इस बात की परवाह नहीं की कि सी.आई.ए. और एफ.बी.आई. के संबंध एक-दूसरे के साथ अच्छे नहीं हैं। उसका मानना था कि एक दोषी व्यक्ति को उसके किए की सजा मिलनी ही चाहिए, और इसके लिए एफ.बी.आई. के साथ मिलकर काम करने में कोई गलत बात नहीं है।

इसलिए एक दुर्लभ सी.आई.ए.-एफ.बी.आई. गठजोड़ कायम हुआ। उन्होंने एमिस को रँगे हाथों पकड़ने के लिए जाल बिछाना शुरू किया।

यह मामला जब समाप्त हुआ, तब जीनी 60 साल की उम्र पार कर चुकी थी। नियमों के अनुसार, उसे इस उम्र में सी.आई.ए. से रिटायर हो जाना चाहिए था।

लेकिन जीनी इस जाँच को बीच में नहीं रोकना चाहती थी। उसे चिंता थी कि यदि वह रिटायर हो गई तो कोई और इस जाँच का प्रभारी बनेगा और आरोपी बिना अपने पापों की सजा पाए छूट सकता है।

इसलिए, जीनी ने सी.आई.ए. के साथ अनुबंध के आधार पर काम करना जारी रखा। वह सिर्फ तभी संतुष्ट हुई, जब उसने सबूतों के साथ यह साबित कर दिया कि एल्ड्रिच एमिस और सोवियत संघ के बीच संपर्क था। एमिस को गिरफ्तार कर लिया गया।

एल्ड्रिच एमिस सामान्य व्यक्ति नहीं था। वह कई महत्त्वपूर्ण पदों पर रह चुका था, जिसमें सोवियत संघ में सी.आई.ए. के काउंटर इंटेलिजेंस विभाग के प्रमुख का पद भी शामिल था। अमेरिकी यह जानकार दंग रह गए कि इतने महत्त्वपूर्ण पद पर बैठा व्यक्ति भी खबरी हो सकता है!

जीनी ने इस जटिल मामले को हाथ में लिया, वर्षों इससे जूझी, आरोपी के लिए उम्रकैद की सजा सुनिश्चित की और उसके बाद गर्व के साथ सी.आई.ए. से अवकाश ग्रहण किया।

'टाइम' पत्रिका को जब इस मामले की खबर मिली तो उसने

जीनी के इंटरव्यू को पत्रिका में प्रकाशित करना चाहा। जीनी शुरू में हिचकिचाई, मगर बाद में इस अनुरोध को मान लिया।

पूरी दुनिया में कई महिलाएँ गुप्तचरी को पुरुषों का काम मानकर हिचकिचा सकती हैं, लेकिन जीनी इस फील्ड में ज्यादा-से-ज्यादा दक्ष महिलाओं को आने के लिए प्रेरित करना चाहती थी।

उसकी उम्मीद के अनुसार, 'टाइम' पत्रिका में छपे उसके इंटरव्यू ने अमेरिकी महिलाओं में हलचल मचा दी। कई, जो यह सोचती थीं कि सी.आई.ए. में महिलाएँ सिर्फ फाइलों को इधर से उधर करती हैं, उन्होंने महिलाओं के बारे में अपनी सोच बदली। इसके कारण सी.आई.ए. में भरती होने की इच्छुक महिलाओं की संख्या बढ़ा दी गई। सन् 1990 में महिला एजेंटों की संख्या सी.आई.ए. में सिर्फ 7 प्रतिशत थी, मगर जीनी की वजह से अगले पाँच वर्षों में यह संख्या दो गुनी हो गई।

90 के दशक के अंत के साथ सी.आई.ए. में भरती होनेवाले नए रंगरूटों में आधी संख्या महिलाओं की है। ये सभी कई कड़े प्रशिक्षण पास करती हैं और चुनौतीपूर्ण परिस्थितियों में काम कर चुकी हैं या कर रही हैं।

उनके सामने कई तरह की समस्याएँ भी हैं। गुप्तचरी के काम में जुटी महिलाओं को सबसे आम लाइन तो यही सुनने को मिलती है, 'क्या तुम्हें कोई और नौकरी नहीं मिली?' आत्मविश्वास को तोड़नेवाली उनकी लाइन, 'यह तो मर्दों का काम है।' या फिर 'तुम यहाँ काम करने की सोच रही हो?'

इन सबके बावजूद, उनका काम उन्हें चैन नहीं लेने देता। उन्हें ऐसे सभी लोगों से जूझना होता है, जो उनकी सिर्फ इसलिए उपेक्षा करते हैं या सहयोग नहीं करते कि वे महिलाएँ हैं और सीढ़ी के ऊपरी पायदान पर चढ़कर बड़े पद पर आ पहुँची हैं।

इनके अलावा दूसरे देशों में काम कर रही, खासकर मध्य-पूर्व के देशों में, महिलाओं को अतिरिक्त खतरे का सामना करना पड़ता है। उन्हें

धमकी, पक्षपात और यौन उत्पीड़न जैसी घटनाओं के बावजूद अपना कर्तव्य निभाना पड़ता है।

इसलिए लोग अनुमान लगा लेते हैं कि गुप्तचरी महिलाओं का काम नहीं है। वे इसके लिए सी.आई.ए. से इस्तीफा दे चुकी महिलाओं का उदाहरण भी देते हैं।

लेकिन इसके साथ ही, ऐसी महिलाएँ भी हैं, जिन्होंने दी गई जिम्मेदारियों को बेहतरीन तरीके से निभाया और सी.आई.ए. में ऊँचे पदों पर काबिज हुईं। सी.आई.ए. इस बात पर जोर देती है कि अमेरिकी महिलाएँ इन महिलाओं को अपना आदर्श मानें।

दूसरे मामलों की तरह ही इस विवाद का भी अंत नहीं है। एक समूह आरोप लगाता है कि सी.आई.ए. में महिलाओं को किनारे लगा दिया जाता है, जबकि दूसरा समूह इससे इनकार करता है।

राहत की बात सिर्फ यही है कि इस विवाद के बावजूद सी.आई.ए. में महिलाओं का योगदान बढ़ता जा रहा है।

□

14

मिरर इमेज

एक दौर में यदि दुनिया में कोई सरकार गिरती थी, किसी नेता की हत्या होती थी या दुनिया के किसी भाग में आंतरिक दंगे भड़कते थे तो उसका शक सी.आई.ए. पर जाता था।

कई लोग यह मानते थे कि अमेरिका ने सी.आई.ए. का गठन सिर्फ दूसरों के मामलों में टाँग अड़ाने के लिए किया है। इसी तरह सी.आई.ए. का इस्तेमाल भी सिर्फ अमेरिका के 'बड़े भाई' की छवि बनाने के लिए किया जाता था।

अपनी गोपनीय हरकतों के कारण अमेरिका और सी.आई.ए. ने अच्छे के मुकाबले बुरी पहचान ज्यादा अर्जित की। विदेशी नेताओं की हत्याओं में सी.आई.ए. की भूमिका ने उसे अमेरिकियों के बीच ही नफरत का पात्र बना दिया था।

इसलिए सन् 1976 में अमेरिकी राष्ट्रपति गेराल्ड फोर्ड ने एक आपातकालीन नियम बनाया। इस नियम के तहत अमेरिकी सरकार के सभी कर्मचारियों और संगठनों को किसी भी विदेशी नेता की हत्या में शामिल होने से प्रतिबंधित कर दिया गया।

इसके साथ ही 'चर्च कमेटी' की जाँच रिपोर्ट भी आई, जिससे सी.आई.ए. की कई गतिविधियाँ नियंत्रित हो गई थीं। सन् 1981 में राष्ट्रपति रोनाल्ड रीगन द्वारा लाए गए कानून के तहत सी.आई.ए. के

अधिकार-क्षेत्र की सीमाएँ और भी स्पष्ट रूप से परिभाषित कर दी गईं।

अगले 20 वर्षों तक सी.आई.ए. ने एक विष-दंतहीन साँप के रूप में काम किया। वर्ष 2001 में 9/11 के हमले के बाद ही वह अपने पुराने रूप में काम करने में सक्षम हो पाई।

इसके कारण भी 9/11 हमले के बाद सी.आई.ए. पर कई सवाल उठे। क्या सी.आई.ए. को हमले के बारे में पता था? क्या वह हमले के बारे में जानने के बावजूद चुप्पी साधे रही?

आज भी एक थ्योरी यह चल रही है कि सी.आई.ए. ने 9/11 के हमले के बारे में पूर्व सूचना होने के बावजूद चुप्पी साधे रखी, ताकि वह अपना महत्त्व दोबारा हासिल कर सके! हालाँकि, इस थ्योरी के पक्ष में कोई भी सबूत नहीं है, लेकिन कई लोग मानते हैं कि ऐसा हो सकता है!

इसकी वजह यह है कि 9/11 हमले के बाद अमेरिकी सरकार ने जो भी कदम उठाए, उसमें सी.आई.ए. ने बढ़-चढ़कर हिस्सेदारी की; विशेषकर अमेरिकी सरकार के नारे 'आतंकवाद के खिलाफ युद्ध' पर सी.आई.ए. इन वर्षों में लगातार गोपनीय रूप से काम कर रही है।

अमेरिकी सरकार ने ओसामा बिन लादेन और उसके साथियों की तलाश के लिए अफगानिस्तान में सेना भेजी। बाद में उन्होंने इराक पर विनाशकारी हथियार रखने का आरोप लगाकर उस पर हमला किया। इराक इस लड़ाई में पराजित हुआ और उसके राष्ट्रपति सद्दाम हुसैन को पकड़कर फाँसी दे दी गई।

पीछे जाएँ और इस अध्याय का पहला पैराग्राफ फिर से पढ़ें। सी.आई.ए. ये सारी गतिविधियाँ छिपे रूप से लंबे समय से करती रही थी और अब अमेरिकी सरकार ने यह सीनाजोरी के साथ किया था। बस, इतना ही अंतर था।

इन घटनाओं के पाँच या छह वर्ष पहले तक 'वैश्विक

आतंकवाद को समाप्त करो' केवल सी.आई.ए. की नीति थी। इस नीति पर नहीं चलने का खामियाजा 9/11 के हमले के रूप में सामने आया था और अब अमेरिकी सरकार के पास कोई दूसरा विकल्प नहीं था।

अमेरिका ने शपथ ली, 'हम अल-कायदा को तलाश करके रहेंगे, भले ही वे कहीं भी छिप जाएँ। जो उनकी मदद करेंगे, उनका हस्र भी वैसा ही होगा।' इसके साथ ही उन्होंने घोषणा की कि 'जहाँ भी आतंकवाद पनपेगा, वे वहाँ दखल देंगे।'

अमेरिकी सेना ने अफगानिस्तान में ताकत के साथ कब्जा करना शुरू किया। उनका एकमात्र लक्ष्य ओसामा बिन लादेन को जिंदा या मुर्दा पकड़ना था।

सी.आई.ए. अफगानिस्तान में दो दशक से ज्यादा समय से अपनी गतिविधियाँ चला रही थी। इसलिए उसने अपने एजेंटों की मदद से अल-कायदा के प्रशिक्षण शिविरों और छिपने की गुफाओं में उसे तलाशा।

लेकिन ओसामा बिन लादेन सी.आई.ए. के उन एजेंटों के मुकाबले अफगानिस्तान के भूगोल से ज्यादा बेहतर परिचित था, जो कभी-कभार अफगानिस्तान आते थे। इसलिए अपने सभी प्रयासों के बावजूद अमेरिकी सेना न तो ओसामा बिन लादेन और न ही अल-कायदा के उसके विश्वस्त आंतरिक समूह में से किसी महत्त्वपूर्ण नेता को पकड़ पाई।

लेकिन क्या इस छोटे से समूह के कारण वे आतंकवाद के खिलाफ अपनी लड़ाई बंद कर देते? सी.आई.ए. ने इसके बाद अपना पूरा ध्यान अमेरिका के दीर्घकालिक दुश्मन सद्दाम हुसैन पर केंद्रित किया।

इसके बाद इराक से संबंधित जानकारियाँ राष्ट्रपति को भेजी जानेवाली दैनिक पी.डी.बी. रिपोर्ट में प्रमुखता से स्थान पाने लगीं। बार-बार यह दोहराया जाने लगा कि इराक के पास भीषण विध्वंस वाले हथियार हैं।

हम इस बात को लेकर स्पष्ट नहीं हैं कि यह छवि सी.आई.ए. ने बनाई या अमेरिकी शासकों ने? लेकिन यह बात सच थी कि उस दौर में सी.आई.ए. सरकार की छाया बनी हुई थी और दोनों को अलग करके देखना असंभव था।

अमेरिका इराक में दाखिल हुआ; मगर उसे वहाँ ऐसे कोई घातक हथियार नहीं बरामद हुए, जैसा सी.आई.ए. ने कहा था। लेकिन वे सद्दाम हुसैन को पकड़ने और उसके पुराने केसों को खोलने में कामयाब हुए। जॉर्ज बुश जूनियर ने वह गणित पूरा कर दिखाया था, जो पिता सीनियर बुश नहीं कर पाए थे।

"अब क्या?" यह वो सवाल है, जो दुनिया पूछ रही है। सी.आई.ए. इस दिशा में सूचनाएँ जुटा रही है। यदि हम उसकी दैनिक पी.डी.बी. रिपोर्ट में झाँक पाते तो इस सवाल का जवाब दे सकते!

9/11 के हमले को इतने वर्ष हो चुके हैं। इस दौरान अमेरिका के प्रतिरोध के बावजूद वैश्विक आतंकवाद पहले से मजबूत हुआ है।

इसके साथ ही अपने प्रतिरोध के कारण अमेरिका ने अपने दुश्मनों की संख्या में और बढ़ोतरी कर ली है। जिन समूहों की वह मुखालफत कर रहा है, वे हर लिहाज से पहले से उन्नत हैं, फिर चाहे वह सदस्यों की संख्या हो, नेटवर्क की मजबूती हो, हथियार हों या आर्थिक स्थिति हो।

इसलिए अल-कायदा या उसके जैसे किसी दूसरे समूह द्वारा 9/11 जैसा कोई हमला करने की आशंका पहले से कहीं अधिक है।

हालाँकि, पहले के किसी भी अन्य समय के उलट, अब सी.आई.ए. के कहीं ज्यादा एजेंट पूरी दुनिया में विचरण कर रहे हैं। वे यह सुनिश्चित कर रहे हैं कि कोई किसी भी वजह से अमेरिका की ओर उँगली न उठाए।

लेकिन इसके साथ ही एक और बदलाव बिल्कुल पहले की तरह या कहें, मिरर इमेज की तरह ही दिख रहा है—आतंकी समूह इन इंटेलिजेंस एजेंसियों की निगाह से बचने के लिए नए तरीके तलाश ले रहे हैं।

अमेरिका अपने विरोधियों का विश्लेषण करने के लिए तैयार नहीं है। सी.आई.ए. का लक्ष्य इस सवाल का जवाब तलाशना नहीं है।

लेकिन अमेरिका अब आगे बिना सी.आई.ए. के काम नहीं कर सकता। वे सिर्फ तभी शांति से सो सकते हैं, जब उन्हें इस बात का भरोसा हो कि उनका इंटेलिजेंस सिस्टम हर समय, हर चीज पर नजर गड़ाए हुए है।

□

पुस्तकें

- दि ओल्ड ब्वॉय : दि अमेरिकन 'इलीट एंड दि ओरिजिंस ऑफ द सी.आई.ए.'—बर्टन हेर—ट्री फार्म बुक्स, 2002
- 'द सी.आई.ए. & अमेरिकन डेमोक्रेसी'—रोड्री जेफ्री-जोन्स—येल यूनिवर्सिटी प्रेस, 2003
- டாலர் ததசெ-பா. ராகவன்-கிழக்கு பதிப்பகெ்-2004
- 'मे डे : आइजनहॉवर, ख्रुश्चेव एंड द यू-2 अफेयर'—मिशेल आर बेस्लॉस—हार्पर एंड रो पब्लिशर्स, 1986
- 'द टेररिज्म थ्रेट एंड यू.एस. गवर्नमेंट रिस्पॉन्स'—जेम्स एम. स्मिथ, विलियम सी. थॉमस (एडिटर्स)—एस.ए.एफ. इंस्टीट्यूट फॉर नेशनल सिक्योरिटी स्टडीज/यू.एस. एयर फोर्स एकेडमी, 2001
- 'सी.आई.ए. टारगेट्स फिडेल'—सी.आई.ए. इंस्पेक्टर जनरल्स/फेबियन स्केलेंट फॉण्ट, ओशेन प्रेस, 1996
- ISI : நிழல் அரசின் நிஜ முகெ்—பா. ராகவன்-கிழக்கு பதிப்பகெ்-2007
- உஷார் உளவாளி-சுதாங்கன்-விகடன் பிரசுரெ்-2007
- 9/11 : சூழ்ச்சி, வீழ்ச்சி, மீட்சி-பா. ராகவன் கிழக்கு பதிப்பகெ்-2004
- சிஐெ சாப்பனெ்-ருெதன்-கிழக்கு பதிப்பகெ்-2006

आलेख

- ‘दि अमिस स्पाई हंट’—डेविड वाइज, टाइम, 1995
- ‘अफगानिस्तान, द सी.आई.ए., बिन लादेन एंड द तालिबान’—फिल गेस्पर, इंटरनेशनल सोशलिस्ट रिव्यू, 2001
- ‘हाउ द सी.आई.ए. क्रिएटेड ओसामा बिन लादेन’—नॉर्म डिक्सन, ग्रीन लेफ्ट, 2001
- ‘द लार्जेस्ट कोवर्ट ऑपरेशन इन सी.आई.ए. हिस्टरी’, चेलमर्स जॉनसन, लॉस एंजेलिस टाइम्स, 2003
- ‘638 वेज टू किल कास्त्रो’—डंकन कैंपबेल, द गार्जियन, 2006
- ‘हाउ द सी.आई.ए. वर्क्स’—कैरोलिन विल्बर्ट, हाउ स्टफ वर्क्स, 2007

वेबसाइट्स

- http://www.cia.gov/
- http://en.wikipedia.org/
- http://hnn.us/articles/1491.html
- http://news.bbc.co.uk/2/hi/americas/3516233.stm
- http://people.howstuffworks.com/cia.htm/printable
- http://www.boston.com/news/nation/washington/articles/2004/07/24/cia_official_says_agents_have_infiltrated_al_qaeda
- http://www.fas.org/irp/cia/product/exdir_speech_051596.html
- http://www.greenleft.org.au/2001/465/25199
- http://www.guardian.co.uk/
- http://www.historyhouse.com/in_history/castro/
- http://www.researchchannel.org/prog/displayevent.aspx?rID=3688#
- http://www.thirdworldtraveler.com/Afghanistan/Afghanistan_CIA_Taliban.html

- http://www.time.com/time/printout/0,8816,982964,00.html
- http://www.usatoday.com/news/sept11/2002/ 06/03/cia-attacks.htm

अन्य

- सी.आई.ए. के उप-निदेशक, ऑपरेशंस जिम पेविट का ड्यूक यूनिवर्सिटी लॉ स्कूल कॉन्फ्रेंस में सन् 2002 में दिया गया व्याख्यान।
- सी.आई.ए. की कार्यकारी निदेशक नोरो स्लेटकिन द्वारा शिकागो काउंसिल ऑन फॉरेन रिलेशंस में सन् 1996 में 'सी.आई.ए. में महिलाएँ' विषय पर दिया गया व्याख्यान।
- सी.आई.ए. की पूर्व केस अधिकारी लिंडसे मॉर्गन केल्गी का यूनिवर्सिटी ऑफ वर्जीनिया में सन् 2004 में 'सी.आई.ए. में महिलाएँ : समस्याएँ और अवसर' विषय पर दिया गया व्याख्यान।

□□□